世界で一番
『可愛い』
雨宮さん、
二番目は俺。
2
編乃肌
イラスト／桑島黎音
JN102647
GCN文庫

雲雀は
「晴間先輩……？
こんな美少女の中身が本当に？」
と疑惑の目を向けてきた。

俺の濡れた髪を
背伸びして拭こうとする。
「ちょ、ちょっと
ごめんね！」
ぎゅうぎゅうと
密着する体。

世界で一番『可愛い』雨宮さん、二番目は俺。②

著：編乃肌
イラスト：桑島黎音

GCN文庫

CONTENTS

プロローグ　『hikari』は今日も絶好調　3

第一章　三人目の美少女　9

第二章　お宅訪問（二回目）　33

［Side A］雨宮さんのワガママ　49

第三章　二度目のプロデュース　53

第四章　コンテスト準備中　81

［Side A］雨宮さんの決意　97

第五章　ダブルブッキングのようです　109

第六章　トラブル発生ですか？　139

第七章　コンテスト決勝、当日　170

［Side H］雲雀さんのふたつの秘密　212

第八章　ここからはじめる　219

あとがき　252

プロローグ　『hikari』は今日も絶好調

学校が終わり、仕事場へと向かう途中。

定期入れを片手に駅中を通った俺は、太い柱に貼られたドでかポスターを前に、多くの人が群がっている光景を目にして足を止めた。

「ヤバッ！　『hikari（ヒカリ）』じゃん！」

「『アメアメ』の新作告知？　あのトップス欲しいけど、モデルが可愛すぎて私が着こなせる気しないわ」

「まっじ可愛いよね！　同じ女、ううん同じ人類とは思えない！」

「『hikari』ちゃんの新ビジュあざっす！　わざわざこの駅まで来てよかった！」

「可愛すぎる、明日も仕事頑張れる。理不尽な上司や取引先への憎しみも、この『hikari』ちゃんで浄化される」

「『hikari』は俺の女神……いやメシア……」

帰宅ラッシュの中、ポスターと一緒に写真を撮り出す女子高生たちに、涙を流して拝むサラリーマンたち。

他にも老若男女問わず、たった一人の少女に釘付けになっている。

フルショットで写る『彼女』は、特徴的な長い飴色の髪を靡(なび)かせて、少し前かがみの姿勢でナイショのポーズを取っていた。

バランスの取れた華奢な肢体に、透けるような白い肌。

小さなお顔に大きなパッチリお目め。

愛らしさたっぷりの笑顔からは、「私と貴方の秘密だよ♪」という謎台詞まで聞こえてきそうだ。なにが秘密なのかは知らん。

そんな彼女が身を包んでいるコーデは、白キャミソールをインナーに、ボリューム袖がふんわり愛らしいブルーの花柄トップス。シアー素材の透け感が涼やかで、一足早い夏らしい。

下はミニ丈の黄色いストライプスカートを合わせ、しなやかな足を惜しみなく晒している。足先を彩るサンダルは、コルクのウエッジソールでメリハリ感をプラス。

さすがは、女の子のトキメキをぎゅっと集めて煮詰めた、女性向け大手ファッションブランド『Candy in the Candy(キャンディ・イン・ザ・キャンディ)』……通称『アメアメ』の新作コーデだ。

若い女子たちを中心に、圧倒的な人気を誇ることも頷ける。

なによりモデルがいいよな、わかる。

「あっ！　ちょっと退(ど)いてくださーい」

「うおっ」

ひとりでうんうん首を縦に振っていたら、新たに後ろから来た、今度は女子大生らしき集団に撥ね飛ばされた。

影の薄い地味男な俺、こういう時に辛い。

女子大生集団はさっそくポスターをスマホで撮り、おそらくそのままＳＮＳに上げている。バズりたければ『hikari』を載せろは、もはや常識だ。もうとっくに各種ＳＮＳでバズり済みかもしれない。

「『hikari』ってさあ、マジ何者なんだろうね？」

誰かが口にしたその疑問は、きっと世界中で思われていること。未解決ミステリーのひとつだろう。

――『アメアメ』の専属モデル『hikari』。

素性は一切不明ながら、その支持率は天井知らず。立てば芍薬、座れば牡丹、歩く姿は百合の花。

一度笑えば、それらの花が同時に乱れ咲く。

そんな彼女につけられた称号は――『世界一可愛い』女の子。

だが、世界の真実とはいつも残酷なもので……。

ここにいる誰も想像すらしないだろう、ミステリアス美少女モデルのベールに包まれた正体が、先ほど豆粒のように撥ね飛ばされた俺こと晴間光輝だなんて。

深い事情はあるようでない。

『アメアメ』のカリスマ女社長である従姉妹の美空姉さんを助けるため、軽いノリで女装したらこうなった。人生ってなにがあるかわからないよな。

ただ……今や『世界一可愛い』の称号は、別の人物のもとに移っている。

王座陥落。冠が輝く頭上は変わったのだ。

「ん？」

そこで制服のポケットに入れていたスマホが震え、俺は邪魔にならない隅に移ってからメッセージを開く。差出人の『雨宮さん』の文字を見て、表情が知らず知らずのうちに綻んだ。

同級生の雨宮雫。

画面には自室の鏡を前に撮影したのだろう、彼女の自撮りが一枚。

『忙しいところごめんね！

晴間くんのアドバイスを参考にコーデを組んでみたんだけど、どうかなって……。

率直な意見を聞かせてください』

……うん。率直でいいなら、すまんがダサい。

相変わらずセンスが斜め上だ。

ウミウシ柄のシャツなんてどこに売ってんだって話だし、ワッフルスカートはなぜか膨らみ方がおかしく、ブレスレットはヤンキーがつけていそうなトゲトゲでギラギラのやつだった。

どうしてこうなった。

俺のアドバイスってどこに反映されたんだ!?

だけどミディアムボブの黒髪を片手で耳に掛けながら、恥じらうように笑う雨宮さんは可愛い。超可愛い。

「うっ、可愛い……!」

思わず口に出して悶えていれば、横を通った駅員さんに冷たい目で見られた。『hikari』の過激ファンだと思われたのかも。

すみません、ただの持病なもので……。

とにかく世界で二番目になってしまった俺は、世界で一番可愛い雨宮さんになんと返信するか、駅の隅っこで頭を悩ませるのであった。

第一章　三人目の美少女

――雨宮さんが真の力（持ち前の可愛さ）を解放し、『校内四大美少女』に数えられるようになってから、早一週間。

うちの二学年に留まらず、上級生から下級生まで、雨宮さんの高い評判は毎日のように駆け巡っている。

まずその、清楚で可憐な容姿。

分厚い眼鏡を取り去り、ガタガタだった髪を切って、俯いていた顔を上げた雨宮さんは、百人中百人が『可愛い』と認める輝きを発している。

それでいて性格もいいときた。

これまでは大人しい子、ちょっと暗い子だとしか思われていなかったのに、その控え目ながらも滲む聖母の如き優しさに、皆がようやく気付いたらしい。

彼女の慈しみの心は道徳の教科書にお手本として載ってもおかしくないと、校内中で囁かれているとかいないとか。

さらには雨宮さんの賢さも、今になって注目され始めた。

万年平均値な俺と違って成績上位者の常連なのだ、雨宮さんは。

急にそこにもスポットライトが当てられ、男子勢はもちろん女子勢も「あんな可愛いのに、勉強もできるなんて憧れちゃう！」という評価に変わったのだとか。これも正しい評価だよな。

ちなみに運動はダメダメみたいだが、それもそれで可愛いからよし。

世はまさに、空前絶後の雨宮さんフィーバーだ。

それは大変喜ばしい。

喜ばしいことなのだが……。


「……はあ」

やってきた放課後。

俺は溜息をつきながら、校舎裏のゴミ置き場を目指していた。

季節は六月下旬。

夏の足音が近付いて、肌は薄ら汗ばんでいる。

茜色の空の下、両手に持ったゴミ袋がゆさゆさ揺れ、意外と重たい。腕が怠いが我慢だ、これも日直の仕事のひとつだからな。

溜息の理由はなにもゴミの重さだけではなく、雨宮さんのこと。

彼女が一躍人気者になろうと、俺との友人関係はちゃんと続いている。

むしろ雨宮さんは、前より積極的に俺に話しかけてくるようになったと思う。つい先ほどだって……。

「晴間くん、日直だよね。わ、私も手伝おうか?」

「悪いしいいよ。雨宮さんは早く帰りな」

「……私がそう言っても、いつも手伝ってくれるのが晴間くんだよね」

「うっ、それはまあ……」

「旧校舎のお掃除は私に任せて欲しいな。それで、あの……終わったら、一緒に帰りたいから。ダ、ダメかな?」

天然でくるんと上向きの睫毛を瞬(しばた)かせ、小首を傾げて聞いてきた雨宮さんは犯罪級の可愛さだった。

周りの男子も胸を撃ち抜かれていたもんな。何人か死んでいた。

うん、可愛かった。

断れるはずもなく、この後は当たり前のように一緒に下校である。

だが別に俺は、雨宮さんの意外な積極性に困って溜息をついたわけでもない。

雨宮さんと仲のいい俺に対する男子勢からの『嫉妬オーラ』と、女子勢からの『なんでお前がオーラ』には多少やられているが……。そのくらいの圧力、もはや雷架(らいか)のアホの一件で慣れたし。

校内四大美少女のひとりである雷架小夏は、悪い奴じゃないがとんでもないアホの子なのが玉に瑕だ。

公衆の面前で以前、俺に「ふたりきりで話があるんだけど！」などと意味深な誘いを掛けたせいで、それはそれは教室中が阿鼻叫喚だった。

やましい誘いでは決してなかったけどな！

あれはカメラ大好きな写真部の雷架が、とある事情で雨宮さんに被写体を頼みたいというだけだった。

……っと、雷架の話はひとまずもういい。

そうじゃなくて、俺が気を揉んでいるのは、雨宮さんが受け取ったラブレターらしきものの存在である。

差出人はイニシャル以外不明。

今朝、白い封筒が雨宮さんの下駄箱に入れられており、内容はこうだ。

『雨宮雫さんへ
直接お伝えしたいことがあります。
来週の月曜日。早朝、旧校舎の図書室でお待ちしております。

　絶対に来てください。

K・Hより』

　はい、とっても怪しいですね！

　今時ラブレターかよとか、なんでその日程でしかも早朝なんだとか、いろいろツッコミどころが満載だ。

『絶対に』とか圧を感じるところも怖い。

　困惑顔の雨宮さんは、おずおずと俺に「こ、これってどうしたらいいのかな？」と、手紙を見せて助けを求めてきた。

　大雑把な字からも、相手はきっと男子。

　肝心の呼び出し理由が書かれておらず、雨宮さん本人は見当もついていない様子だったが、十中八九『告白』目的だと俺は踏んでいる。

　今まではみんな、雨宮さんフィーバーの最中でも様子見だった。

　誰も抜け駆けしないよう牽制し合っていたはずなのに、ついに雨宮さんにアタックをかます不届き者が現れたのだ。

　俺はラブレターを読んでから原因不明のモヤモヤに胃をやられているが、よい子な雨宮さんが無視できないこともわかっていた。

かといって、予想通り告白だとしても、こんな怪しい呼び出しにひとりでは行かせられない。

ここは御本人と相談し、来週はこっそり俺もついていく予定だ。

相手には悪いが、雨宮さんのトラウマの件もあるし……。

彼女はかつて見知らぬ勘違い男にいきなり告白され、お断りしたら罵倒を浴びせられたという恐怖体験をしているのだ。そのせいで酷く自信を失っていた。

雨宮さんに根暗とかブスとか、万死に値する。

そこから立ち直っての現在なので、俺は保険のガードマンってところだ。

「よっこらしょ、っと！」

つらつら来週のことまで思考を飛ばしていたら、薄汚れたゴミ収集ボックスにいつの間にか着いていた。

ポイポイと、さっさとゴミ袋を放り込む。

それにしても、告白なあ……。

俺は男にしか告白されたことないけど、それこそ健全な学生らしいイベントだよな。

あ、誤解なきよう言っておくが、俺の場合はhikariの時な。

知らない誰かが雨宮さんに告白するのだと思うと、やはりモヤモヤして気が重くなり、また溜息が出そうだ。

告白って、やっぱり相手は直球で来るのだろうか。

前日に台詞とか用意しておくのだろうか。

例えば――。

「好きです！　俺と付き合ってください！」

――そう、こんな感じ。

「って、うん？」

声がしたのは、校舎の曲がり角の向こうから。

タイムリー過ぎたこともあって、俺は好奇心に負け、角に隠れて様子を窺う。

そこに広がっていた光景はＴＨＥ・告白現場だった。

告白している方は、確か一年のサッカー部の男子だ。

期待のイケメンルーキーとかで、クラスの女子が「年下彼氏もいいかもー！」とか騒いでいたのを覚えている。噂に違わず、爽やか系のモテそうな容姿だな。

告白された女子も一年で、見覚えがある。

というか、彼女を知らない者はこの学校にはいない。

「申し訳ありません……今のは日本語でしょうか？　理解できなかったのですが、あなたは私に、なんとおっしゃいました？」

冷たい目で相手を見据えるのは——四大美少女のひとり、雲雀鏡花（ひばりきょうか）だ。

腰まであるストレートロングの黒髪に、華奢な体躯。

生まれつき色素が薄いのか、雲を思わせる特徴的なグレーの瞳。

そんな瞳が収まる顔立ちは、パーツのひとつひとつが完璧で精巧な人形のようだ。無表情なところがさらに作りものめいていて、クールで近寄りがたい印象である。

その印象の通り、性格もツンツンのツンドラで、愛らしい唇から出る言葉はすべて鋭い棘で覆われている。

軽率に彼女に一目惚れし、当たって砕けるどころか爆散し、メンタルをズタぼろにされた男子たちは数知れず。

ついたあだ名は、相手の心に毒舌で暗雲をもたらす『猛毒の暗雲姫（あんうんひめ）』。

ゲームの敵キャラっぽいが、名付けた奴はきっと被害者のひとりだ。

よほど怖かったんだな、哀れな……。

一部にはそこから取って『姫』とも呼ばれているようだが、ふんわり愛らしいお姫様とはまた違う。

そして現在進行形で、暗雲姫は被害者を増やしていた。

ほら。

「え？　えっと、君が好きだから、俺と付き合って欲しいって……」

「ああ、私の言語理解能力がおかしくなったわけではなく、あなたがおかしなことを言っていたのですね。よかったです、私は正常みたいで」

「なっ！　俺の告白をおかしなことって……！」

「おかしなことでしょう？」

予想外の反応に焦るイケメンくんに、雲雀は冷笑を浮かべる。

「私とあなたは一言も喋ったことがないんですよ？　それなのに無理やり呼び出して、なんの用かと思えば、いきなり好きとか付き合えとか……滑稽です。私のどこに惚れたというのですか？」

「ひ、一目惚れだったんだ！　新入生代表の挨拶をしていたときから、すごく魅力的な子だなって……」

そういえば、雲雀は代表も務めていたな。

品行方正な優等生ではあるのだ、性格に難があるだけで。

イケメンくんは他にも「知的で大人っぽいところがいい！」「冷たい性格も好きだ！」「そのクールビューティーさに惹かれた！」などなど必死に言い募るが、彼が喋れば喋るほど、雲雀の目は小うるさい蠅を見るみたいになっていく。

「とにかく、俺は君が可愛くて……！」

「可愛い？」

ピクリと、雲雀の柳眉が跳ねる。

途端、もともと凍えそうな温度感だったのに、彼女の纏う空気が絶対零度になった。

「もういいです。時間の無駄なので失礼させて頂きます」

「ま、待ってくれ！　せめて告白の返事を聞かせてくれよ……！」

「わざわざ口に出して言われたいんですか？」

それは俺も思った。

もう諦めろ、イケメンくんよ。お前はよく戦った。これ以上食い下がっても、負う必要のない傷をその身に負うだけだぞ！

しかし、暗雲姫は容赦がなかった。

「――私はあなたにこれっぽっちも興味がないし、今後とも好意を抱く余地はありません。中身のない告白どうも。慎んでお断り致しますので、今後は私と一切関わらないようお願い致します」

バッサリ切り捨てられ、ついに心折れたイケメンくんは「ちくしょおおお」と叫びながら走り去る。

彼の目にはキラリと光る涙が見えた。

いや本当、お前は頑張ったよ……俺だけはお前の勇姿を忘れないからな。

ついつい告白現場を最後まで見守ってしまったが、俺も早くこの場を去らなくては。下手に雲雀に気付かれでもしたら、次の毒舌の被害者は俺だ。

さっさと教室に戻って、残りの日直の仕事も終わらせよう。

その後は雨宮さんとウキウキ下校コースだ。

「……それで、先ほどから覗いている変質者さん」

「うぉっ!?」

「覗き見なんていいご趣味ですね。抵抗せず、今すぐ出てきてください」

雲雀にはとっくにバレていたらしい。

俺は大人しく投降し、ホールドアップして彼女の前に出る。

隠れて見ていたことは謝るから、穏便に済むことを願う。俺は雨宮さんと平和に帰りたいんだ。

「あー……あのさ、覗き見していたことは悪かっ……」

「っ!　あなた……!」

なぜか雲雀は俺の謝罪を遮り、ツリ目がちな瞳を微かに見開いた。

こうして見ると、本当に雲のように綺麗なグレーだ。

「二年の……晴間光輝先輩ですか?」

ん?　なんで俺の名前を知っているんだ?

「どうして俺のことを知っているのか、という顔をされていますね」

「わ、わかるのか？」

「顔に丸出しです」

小馬鹿にしたように肩を竦め、雲雀はサラサラの長い黒髪をかき上げる。

俺、先輩なんですけどね一応。

しかしそんな所作も美しいのだから、四大美少女恐るべし。

雷架のような健康的な『美』でもなく、雨宮さんの自然体な『美』でもない、まさしく精巧な人形っぽい『美』が雲雀にはあった。

まあ、一番可愛いのは雨宮さんだが。

二番目は俺だが。

「で、なんで俺の名前を？　自分で言うのもなんだが、俺はただの一般モブだと思うんだが……」

「あなた、自分が有名なことを知らないいんですか？」

「有名……？」

「四大美少女とかいう不躾な名称を、新しくつけられた雨宮雫先輩と、『なぜか』仲のいいモブ。つまりただのモブではなく、雨宮先輩とセットで晴間先輩もそこそこ有名人になっているんですよ」

『なぜか』をめちゃくちゃ強調された。

そうか……雨宮さんフィーバーに伴い、雨宮さんと『一番仲良し』（対抗して強調してみる）な俺まで、名前が嫌な感じで広まってしまったのか……。

hikariとはまた違う知名度を、知らぬ間に俺は獲得していたみたいだ。

「本来なら私も、誰が有名だ人気だなど　笑に付すところです」

「まあ、興味無さそうだよな」

「ですが生徒会の仕事の一貫として、雨宮先輩にくだらないインタビューをして、くだらない記事を書かなくてはいけなくなり、必然と雨宮先輩と一緒にいるあなたの情報も頭に入りました。心底くだらない」

くだらない三回言った。

そういえば雲雀は、一年なのに生徒会書記でもあった。三年の生徒会長が気に入って、無理やり生徒会に引き入れたとか。

インタビューやら記事やらは、生徒会が毎月発行している広報紙のことだろう。

広報紙といっても堅苦しいものではなく、学校内の旬なニュースをピックアップしてお届けする、校内新聞……というより、校内ゴシップ紙のようなものだ。

その目玉記事である『今月の注目人物』に、どうやら雨宮さんが選ばれたらしい。

これは一大事。

彼女の可愛さがとうとう紙面を飾るのか。

「その記事を雲雀が書くのか？」

「生徒会長いわく、歴代書記の仕事だそうです。そのために、雨宮先輩を呼び出す手紙も私が書かされて……」

「手紙？」

「会長の悪ふざけです。内容をあえて明記せず、それでも来てくれるのか試したいとも言われました。あの方の突飛な発想にも困ったものです」

なんだか生徒会長から、厄介な愉快犯の匂いがする。四大美少女の残りのひとりなんだけどな。

そして雨宮さんが受け取った手紙なんて、俺の知る限りではひとつしかない。

イニシャルＫ・Ｈ……きょうか・ひばり……雲雀鏡花……。

「あのヘタクソな字、お前か！」

「下手で悪かったですね」

雨宮さん宛のラブレターではなくホッとしたが、そのままな感想を伝えたせいで雲雀が剣呑（けんのん）な顔つきになった。

マズい、フォローを入れなくては。

「ち、違うぞ！　なんか雲雀が、ああいう字を書くことが意外だったというか、イメージと違ってびっくりしたというか……！」

「……イメージってなんですか？」

ポツリと低いトーンで、夕陽の赤に染まる地面に雲雀の問い掛けが落ちる。

「さっきの方も、私のことをろくに知らないくせに……勝手なイメージで作り上げた虚像の私に向かって、ピーチクパーチク告白しているようなものでしたよね？　それなのに『可愛い』なんて軽薄に言って。そういうの、いい加減うんざりなんです」

吐き捨てた雲雀は毒を飛ばしたというより、本気で他者からのイメージの押し付けに疲れているようだった。

個性が強い分、固定概念で見られがちなのだろう。

……たぶんこれは、俺が悪いな。

俺だって仕方ないこととはいえ、過激なhikariファンからの『hikariちゃんはこうだよな！』や『hikariはこうあるべき』という、枠に嵌めようとする行き過ぎたムーブには、多少なりとも参らされたものだ。

一種の有名税かもしれんが、人気者も辛いぜ。

「すまん……初対面で雲雀のことなにも知らないのに、俺も勝手なこと言ったな。不愉快な思いをさせたなら悪かった」

「っ！」

俺が軽く頭を下げれば、雲雀は初めて狼狽えた。

バツが悪そうに「べ……別に、謝罪して欲しいわけではありませんから」と、顔をプイと逸らす。

「やっぱり、晴間先輩はおかしな人ですね。実のことを言うと私、雨宮先輩よりあなたの方が気になっていたんです」

「俺を？」

「私が最初に雨宮先輩を認識した時、彼女はあなたと廊下を歩いていました。雨宮先輩はとても眩しいものを見るように、あなたを見ていたので……」

「あー……」

それは hikari に向けた眼差しではなかろうか。

俺の正体を軽々見抜いた、hikari マニアでもある雨宮さんの目には、素の俺が時々 hikari に映るらしい。

いわゆる推しアイドルとかを見る目で、キラキラの光量がハンパない。「はわわっ！」って雨宮さんは可愛く興奮状態になっているけど、それを向けられた俺も内心「はわわっ！」である。

「そんな晴間先輩には、なにか大きな『秘密』がある気がして……」

鋭い雲雀に、ギクリと思わず体が強張る。

彼女からすれば根拠のない勘だろうが、露骨な反応をしてしまった。

そんな俺に雲雀は苦笑する。

「本当にあったとしても、人の秘密をわざわざ暴くなんて暇なことはしませんよ。私にも知られたくない秘密くらいありますし……！そこまでの興味は、あなたにありません」

「あ、ああ、そう」

「……でも、さっき謝ってくれたのは、ちょっとだけ嬉しかったです」

雲雀はほんの少し目尻を緩め、「それでは失礼致します」と、ロングヘアーを翻して去っていった。

去り際の背中はどことなく頼り無げにも感じた。

……暗雲姫もいろいろ大変らしい。


一悶着あったものの、日直の仕事は無事に終わった。

雨宮さんと昇降口で靴を履き替えながら手紙の真相を彼女に伝えると、すんなり納得したようだ。

「じゃあ……私宛のあのお手紙って、生徒会書記の雲雀さんからだったんだね」

「ああ、まったく遠回しなことするよな」

「生徒会長さんって面白い人なんだね」

面白いで済ませるとは、雨宮さんは寛大だ。

ローファーの爪先を整え、彼女はよいしょとスクールバッグを持ち直す。そんな所作もいちいち可愛いらしい。

そして俺たちは並んで、頭上でカアカアと鴉が鳴く中、校門を出て住宅街を歩く。

途中まで道が一緒でよかった。

雨宮さんと気兼ねなく話せるこの時間は癒しだ。

肩口ほどで切り揃えた雨宮さんの髪が、天使の輪っかを作っている。橙の陽に照らされて神々しく、「やはり本物の天使だったか……」と感心せざるを得ない。

前髪を雫形の青い石がついたヘアピンで留めているのも可愛い。

共に出掛けた際に俺が雨宮さんへ……と選んだピンを、毎日律儀につけてくれていて、見る度に不整脈が起こってしまう。

「は、晴間くん。私の髪になにかついている?」

「……っと、悪い！　見過ぎたな。丁寧に手入れされているなってさ」

「そうかな……?」

「おう！　hikariはウィッグだけど、ココロさんが『髪は女の命だよ！』ってうるさい理由がわかったよ。毛先まで綺麗だもんな」

「きっ!? 綺麗って、あの……っ!」

誤魔化すついでに褒めると、雨宮さんは真っ赤になってワタワタと慌てる。奇妙なダンスを踊っているようだが、もはや天使の舞だ。

ココロさんはベテランのヘアメイクアーティストで、アメアメでよく仕事をしており、俺もhikariになるために大変お世話になっている。見た目は小学生女児で年齢不詳だが、腕は確かだ。

雨宮さんとも面識があり、彼女の可愛さにココロさんも目を付けているようである。

「あうぅ……家事の合間にヘアケア頑張ってよかった……」

ボソッと呟いて、横髪をちょいちょい弄る雨宮さん。そういう努力家なところも彼女の魅力だよな。

服のセンスは摩訶(まか)不思議なままだが……。

ただ努力といえば、雲雀もか。

「話は戻るけどさ、雲雀も一年なのに生徒会書記って改めて凄いよな」

さらっと勉強も運動もこなしそう……というのも勝手なイメージで、隠れた努力がそこにはあるのかもしれない。

雨宮さんもコクコク頷く。

「うん! 私なんてインタビューを受けるってだけで、今から緊張しちゃうのに……」

「やっぱり受けるんだな」

「私じゃ面白い記事にはならないだろうけど、せっかくの申し出だから」

これだけ絶大な人気を集めているというのに、控え目にそう言う雨宮さんには、変身前の自信のなさがまだ付き纏っているらしい。

雨宮さんが載る新聞なら俺は金出すぞ。

「もう俺はついていかなくてもよさそうだが……メンタルのセーフガードはしておいた方がいいかな。雲雀が『猛毒の暗雲姫』なのは、紛れもない事実だったから」

告白したのにフラれて泣かされたイケメンくんを思うと、ブルッと身震いしてしまう。

暗雲姫なりに、悩みがあることはわかったが……。

hikariの自分とシンクロしたせいか、どうにも気になるんだよなあ。

そうやってぼんやり雲雀のことを考えていると、隣では雨宮さんがムムムと眉を寄せ、たいそう難しい表情をしていた。

え、どうした雨宮さん。

そんな表情も可愛いが、俺がなにかしてしまったのかと焦る。

「お、俺、失言でもしたか？」

「ち、違うよ！　晴間くんはなにも悪くないよ！　ただ私自身の心の狭さに、自己嫌悪しちゃっていただけで……！」

「心の狭さ？」

「晴間くんが面倒見良いのはわかっているのに……他の女の子の心配をしていると不安で、一緒に帰っているのは私なのにとか、こっちを見て欲しいとかそんな……あっ！　い、今のナシです！　忘れてください！」

「お、おう」

早口の内容を噛み砕く前に、忘れろと言われたなら忘れなくてはならない。

俺は雨宮さんのお願いには従順なのだ。

「……晴間くんといると私、どんどんワガママになっちゃうな」

ひとり反省する雨宮さんだけど、俺としたらまったくワガママには感じない。むしろもっと言ってくれたら、俺がそのワガママを聞いてやりたいくらいだ。

そんなたわいのないやり取りをしていたら、もう雨宮さんと別れるいつもの十字路まで来てしまった。

名残り惜しいが、また明日だな。

しかし「じゃあな」と手を振る前に、雨宮さんが俺のブレザーの裾を掴んだ。

「あ、あの！　晴間くんはこの後、お暇かな？」

「今日はhikariの仕事もないし、暇っちゃ暇だけど……」

「それなら、またうちに遊びに寄って欲しいなって。うちの妹たちが、晴間くんに会いたがっているの」

「雨宮さんツインズか」

彼女の家は母子家庭で、きょうだいが五人もいる。

雨宮さんは長女で、下に中学生の弟くん、小学生の双子の妹ズ、幼稚園に通う末っ子くんという構成だ。漏れなく全員、長女大好きなシスコンきょうだいである。

小生意気な双子に俺は最初かなり警戒されたが、なんやかんやあって懐かれた。俺は雨宮さんの害にならないと白判定ももらえた。

「零（れい）くんも、晴間くんと一度話してみたいって」

「零は中学生の弟くんだよな」

確か雨宮きょうだいで、ひとりだけまだ会ったことがなかったはずだ。

「なんか『拳で語り合いたい』って正拳突きの練習をしていてね。零くんは空手の有段者だから、あの子なりのえっと、晴間くんと仲良くなりたいって意思表示だとは思うんだけど……」

うん……それはきっと言葉通りの意味だぞ、雨宮さん。

『語り合いたい』っていうか、大好きな姉と仲良くしている俺を一方的にぶん殴りたいんだと思う。

「モデルとして顔は守りたいんだがな……」

「む、難しそうだったら、お断りしてくれて大丈夫だよ！　私も晴間くんが来てくれたら、その、嬉しいけど……！」

「あ、行きます」

「本当!?」

パアッと顔を明るくする雨宮さんに、俺は戦いのリングに上がることを決めた。殺されるまではいかないだろう、たぶん……。

「お、お茶請けに、甘々堂の栗どら焼きも買ってあるの！　晴間くんが来てくれたらお出ししたいなあって、妹たちと選んで……！」

「うんうん、ありがとう。楽しみだよ」

俺が家に行くと決まって、露骨にはしゃぎ出す雨宮さんが可愛い。

どら焼き大好きな雨宮さんは、俺を同志だと信じている。俺はそこまでどら焼きに情熱はない……が、君が勧めるなら無限に食うぜ。

甘々堂はリーズナブルな価格なのに、美味しいと評判の和菓子店らしい。

雨宮さんは町内どら焼きマップを作っているそうだ。

そんなわけで、俺は足先をくるりと方向転換し、雨宮家へとお邪魔することになったのであった。

第二章　お宅訪問(二回目)

古い二階建ての木造一軒家。

それが雨宮さんハウスで、相変わらず心なしか傾いており、今にも崩れそうなところがエキセントリックな物件だ。

「ど、どうぞ！　足元には気をつけてね」

「お邪魔します」

訪問は二回目なので慣れたものである。

雨宮さんに続いて、俺は玄関の敷居を跨いだ。

入ってすぐ左正面に階段があって、右手が居間や台所。奥には風呂やトイレがあるという間取り。

その階段の前には、空手道着姿で仁王立ちする男の子がいた。背景と存在感が合っていないが!?

「貴方が……うちの姉を誑かす、噂の晴間さんですか」

ゴゴゴゴゴと、効果音が聞こえてきそうな殺気。

締めた黒帯からも気迫を感じる。

切れ長の目にサラリとした黒髪、精悍な顔つきは素材のいい雨宮家の血で、身長も俺より若干高い。この美少年っぷりなら、中学でもさぞおモテになることだろう。

零くんで間違いない……はずだが、道着姿とはこれ如何に。

すでに臨戦態勢じゃないか！

「ここで会ったが百年目……雫姉さんに近付く悪い虫は、俺がここで裁きを下す！　天誅！」

「ちょっ、ちょちょちょちょっと待て！　冷静になろう！　人類はまず話し合いというテーブルに着くべきだと……！」

「問答無用！　力こそすべて！」

「蛮族過ぎる！」

これだから体育会系は嫌なんだ（偏見）！

拳を固める零くんに、両手ガードで顔を守る俺。

音速パンチが繰り出される前に、「メッ！　だよ、零くん！」と、雨宮さんが弟の額をペチリと叩いた。途端、殺気が霧散する。

「ね、姉さん……だって」

「暴力はだめ！　晴間くんは私の大切な……お、お友達で、いろいろ助けてくれた恩人でもあるって言ったよね？　道着も部活から帰ったらすぐ洗濯！」

　腰に手を当ててプンプン怒る雨宮さんは、学校では見せないしっかり者なお姉さんの一面が新鮮だ。

　なるほど、零くんは部活帰りか。学校から道着で帰宅とか俺には考えられんが、体育会系の奴等はたまにユニフォームでそこら中歩いているもんな。

「だけど姉さんは、アイツに騙されているんじゃないかって……！」

「違うってば！　聞き分けないとお夕飯の鶏の唐揚げ、零くんだけ抜きにしちゃうからね！」

「ぐうっ！　姉さんの唐揚げが食べられないなんて無理だ……！　耐えられない！」

　ガクンと膝をつく零くんは、その背に絶望を負っている。俺も雨宮さんのお手製唐揚げ、ぜひ食べてみたい。

　とにもかくにも、危機は脱したようだ。

「あーあ。零兄ったら、雫姉を怒らせちゃっているじゃん。唐揚げ抜きは辛いね、澪（みお）」

「その分は私たちでもらっちゃおうよ、霞（かすみ）」

　軽快な足音と共に、階段からクリソツな双子が下りてくる。

　お揃いのレモンイエローのシャツワンピを着た彼女たちは、ツインテールで泣き黒子（ほくろ）があるのが霞ちゃん、ポニーテールでツヤ黒子があるのが澪ちゃんだ。

言動からわかるようにそれぞれ唯我独尊の傲岸不遜で、他校の子たちからは『第一小の女番長』＆『第一小の女皇帝』と呼ばれて恐れられているとか。

いきなり敵を仕留めようとしてくる零くんといい、雨宮さん御きょうだいは意外とバイオレンスである。

「およ？　ハレ兄じゃん！　なになに、遊びに来たの？」

「ねーねー！　宿題手伝ってよ、ハレ兄！」

「それナイスアイディア、澪。零兄ケチだから手伝ってくれないし」

「押しに弱そうなハレ兄ならやってくれるはずだよ、霞。やって、やって、やってー！」

「わ、わかったから！　左右から引っ張るのは勘弁してくれ」

双子は蹲る零くんの横を軽々通り過ぎ、俺の両腕にそれぞれ纏わりついた。

懐かれている……もしくは舐められている？　後者な気がする。

この際それはいいが、グイグイ引く力が存外強くて関節が外れそう。

さらにはトテトテと、居間の方から末っ子の霰くんもやって来た。雨宮家の御きょうだいは全員集合だ。

「はれにぃちゃ、いりゅ？」

にぱっと屈託のない笑顔を向けてくれる霰くんは、どうか長女にだけ似てそのまま健やかに育って欲しい。

「なんか、弟や妹たちが迷惑を掛けちゃって……」

「いやいや、いいよ。俺ひとりっ子だから、賑やかで楽しいし」

恐縮する雨宮さんに、双子を纏わりつかせたまま苦笑する。

俺の幼少期も美空姉さんに好き放題女装させられまくって、賑やかといえば賑やかだったけどさ。

「宿題だったか？　それも手伝うよ。俺でよければ」

教えるなら賢い雨宮さんの方がいいのでは？と思ったが、小学生の問題なら俺でもなんとかなるだろう。

それに雨宮さんは、これからお夕飯の支度があるようだ。料理もできちゃうとかマジ聖母だよな。

そうして俺は、畳敷きの居間へと案内された。

てっきり双子の言う小学校の宿題とは、算数とか国語といった基礎教科かと思ったのだが……。

「家庭科の裁縫か」

彼女たちは各々、裁縫セットを持って来てちゃぶ台に置いた。

今時の小学生用の裁縫セットって、種類も豊富でお洒落(しゃれ)だよな。ハートのデザインが女児心を擽(くすぐ)る仕様だ。

「明日までにこれ、完成させて提出なの」

「でも学校の授業だけじゃ終わらなくて、持ち帰りで宿題ってわけ」

「澪は裁縫下手くそだから」

「霞もじゃん」

そんなふたりが製作途中だという綿入りの布人形は、丸い頭と細長い手足のボディは既製品。ここから自分で、のっぺらぼうの顔にビーズで目をつけたり、糸で口を作ったりするらしい。小学生でもお手軽に出来るドールキットって感じか。

髪は刺繍糸で出来ていて、どちらもおそろいのロングヘアーだ。今のところ見た目は二体ともまったく同じである。

「下手くそってわりによく出来ているじゃないか」

俺は感心するも、着せる服がまだらしく裸の状態だ。

そこを俺に手伝って欲しい、と。

「服は布の切れ端で作ろうとしたんだけど、超ムズい。もう服なしでもよくね？って思ったけど、澪がいるってうるさいから」

「手を抜いたらマリコとアキナのグループに馬鹿にされるし。どっちが先生からの評価高いか、給食のプリン賭けてるの忘れんなし」

……小学生は小学生で、意地とかプライドの戦いがあるよな。

幸いにして、普通の教科より家庭科……しかも人形の『服』を作るとなれば、俺の得意分野だ。

俺は元来、器用貧乏な質の上に凝り性のため、料理や手芸などの世間一般で言う『女子力スキル』も、パーフェクトなhikariを目指す一環で身に付けていた。大和撫子と呼んでくれて構わない。

専用の型紙もあるみたいだし、簡単なワンピースなら一時間程度でいけるな。

「布選びからセンスが問われるところか……」

ふむふむと、広げられた布を吟味していたら、バンッと勢いよく引き戸を開けて雫くんがまたも登場した。

二階の自室で道着から黒シャツとジーンズに着替えた彼は、ますます正統派の美少年って感じだ。

そんな雫くんは、俺に「勝負だ！」と指を突き付ける。

急になんだ!?

「二体あるうち、俺と晴間さんが一体ずつ服を作る……完成度の高い方が勝ちだ。正々堂々勝負しろ！」

「えぇ……」

「俺が勝ったら金輪際、雫姉さんには接近禁止だからな！」

最愛の姉に力技を咎められたからって、そんな謎勝負を挑まれても。

しかし忙しい母や長女の代わりに、たまに雨宮家で裁縫を担当する零くんは、けっこう自信があるらしい。そういえば雨宮さんの髪を切ったのも零くんだったな……器用な上に万能か、さては。

コソコソと、双子は耳打ちし合う。

「零兄、中学だとクール男子で女子ウケいいのに、雫姉が絡むとアホになるよね。どう思う？　澪」

「ＩＱ３くらいになるよね。うちらは作ってもらえるならラッキーだし、ここはハレ兄に勝負してもらおうよ、霞」

「利用できるものはしよう」

「それな」

全部聞こえていますが……。

ここまで自力で作ったなら、服くらいやってあげてもいいのか……？

結局断れず、俺は霞ちゃんの、零くんは澪ちゃんの服を作ることになった。俺と零くんに温度差はあるものの、勝負は始まってしまったらしい。

マインドを半分hikariに切り替え、どんな服を作るか決めたところで製作を始めて早四十分。

「ふう……」

「は、晴間くんごめんね！　まさか、こんな作業をさせられているなんて……！」

台所から青いチェック柄のエプロンをつけた雨宮さんが、パタパタと駆けてきた。髪をちょこんと結んでいて、驚きの可愛さだ。

そんな彼女が持つお盆には、湯呑に入った温かいお茶や人数分の袋入りどら焼きがのっていた。

「とりあえず休憩にしようかなって……」

「ありがとう。ちょうど切りのいいところまで縫い終わって、一服したかったんだよ」

俺は布や針から手を離し、ちゃぶ台の上の物を退かしてスペースを作る。ミシンがあればもうちょい早いんだが、あいにく壊れているとか。

向かいに座る零くんも小休止のようで、先に湯呑を受け取って幸せそうに飲んでいた。

「美味しい……姉さんの淹れてくれるお茶は、いつでも世界一だよ」

「もうっ、零くんは大袈裟なんだから」

「紛れもない事実だよ」

ブラコンやべぇ。

そう思ったが、俺も普段から雨宮さんに似たようなことを言っている気も……？　凄く嫌だが、俺と零くんは同類かもしれん。

「二九八円のお買い得麦茶で、零兄がまたなんか言ってる。でも夕食前におやつ食べられるとかラッキー！　澪はどら焼き、栗入りにする？」

「甘々堂といえば栗一択っしょ。もうハレ兄さ、ずっとこの家にいればよくない？　住めばいいじゃん」

「おやちゅっ！　おやちゅっ！」

畳に転がってお子様用パズルで遊んでいた双子や霰くんも、わらわらとちゃぶ台の周りに集合してきた。

コラ双子、宿題を押し付けといてなに遊んでるんだ！

雨宮さんは「ず、ずっとこの家にって、住むってつまり、あの……！」と頬を染めてアワアワしている。

「大丈夫か？　雨宮さん」

「う、うん！　晴間くんも、お茶とどら焼きをどう……」

「どらやきー！」

ドンッ！と勢い余った霰くんが、俺に湯呑を手渡そうとした雨宮さんに強烈なタックルを食らわせる。

「わっ！」

「あちっ」

　お茶は盛大に零れ、俺の制服のシャツに掛かった。じんわり胸のあたりが染みになり、雨宮さんが一気に青ざめる。

「ご、ごめんなさい！　火傷とかしていないっ!?」

「あ、ああ、おう。そこまで熱々でもなかったから……」

　掛かった時は確かに熱かったが、これくらいなんでもない。放っておいてもじきに乾くだろう。

　霰くんは「あうう、ごめんなちゃい」と項垂れていて、俺は「気にすんなよ」と笑い掛ける。お子様のしたことだしな。むしろきちんと謝れるのが偉い。

　しかしながらテンパった雨宮さんは、光の速さで台所からタオルを持って来て、俺の濡れた胸元を拭こうとする。

　……正座している俺の膝の上に、乗り上げるような形で。

　お、おいおい、これは些かマズいのでは!?

「雨宮さん、ちょっ……！」

「本当にごめんね！　晴間くんには迷惑かけっぱなしなのに……！」

　タオルで一生懸命、水気を取ろうとしてくれているのはわかる。わかるのだが、一見すると俺に縋りついているように取れる体勢だ。

視線を下げれば、上目遣いで時折こちらを不安気に窺う澄んだ瞳とかち合う。

雨宮さんの胸の膨らみも押し付けられ、ふにふにした感触に宇宙を見た。

相変わらず柔軟剤のいい香りもする。

このままでは、本気で精神が宇宙へ行ってしまう……！

「雫姉さんから、は、な、れ、ろー！」

あわや地球から旅立つかというところで、俺と雨宮さんを横からベリッと引き離したのは零くんだった。

瞳孔の開いた目から血の涙を流している。

「姉さんへのセクハラ行為、絶対に許さない許さない許さない許さない……」

「目が据わってる！　さっきのは不可抗力だろ！　いわゆるラッキースケベというやつでだな……！」

「ラッキーだと思っているということか!?」

「どう弁解してもアウトですね！」

俺と零くんがギャーギャーやっているうちに、雨宮さんも冷静になったらしい。

ボンッと音がするほど真っ赤になって、「きゃあっ！」と叫びながらタオルを天高く放り投げた。

「わ、私ったら、なんて大胆なこと……！　は、恥ずかしいよぉ」

そこから縮こまる雨宮さんは大変可愛らしいが、俺への殺意を滾らせる零くんに、マイペースに「栗どら焼きうまっ」「栗でかっ」とどら焼きをモグモグする双子、タオルを回収しに行くとことん良い子な霰くんと、居間はカオスを極めた。

場の混乱が収まり、服作りを再開する頃にはだいぶ時間が経過。

それでもなんとか完成させた結果、勝者は俺となった。

「ヤバッ！　めっちゃお洒落だし、これってhikariのワンピース？」

「完全再現じゃん！　髪もなんかアレンジされているし！　いいなぁ、霞」

俺が人形に着せたのは、hikariが鮮烈なデビューを飾った時の白を基調とした夏物ワンピース。

頭の天辺に結んだ青いフリルのリボンも反応がいい。こちらもパパッとついでに作ってみた。リボンくらい手間でもないしな。

あのワンピースを発売した当時は、問い合わせが殺到しまくって秒で完売だったことが懐かしい。

俺がモデルだから当然だけどさ。

今回はちょうどいい布があったのと、一からデザインを練る余裕がなかったこともあり、モデル本人が手縫いしてみたのだ。

もちろんご本家と違って、これは人形用。

作りは簡素だが、霞ちゃんは気に入ってくれたらしい。

「いいでしょっ？　いいでしょっ？」

……などと、澪ちゃんに自慢している。

長女がhikariマニアなこともあって、双子は普通にhikariのことが好きなようだ。俺の正体を明かしたら……子供の夢は壊せないよな、うん。

「晴間くん、本当に凄いね！　なんでもできちゃう……！」

「いやいや、なんでもは無理だって」

尊敬の眼差しを向けてくる雨宮さんが可愛い。

対する零くんの方は、同じ型紙で赤地に白い水玉模様のワンピースを作ったのだが、「悪くないけど古臭い」「裾に縫い付けたスパンコールがダサい」と双子からは辛辣な評価だった。

「ちくしょおおおおお！　晴間さんめえええええええ」

畳に伏して、盛大に悔しがる零くん。

その憎しみは俺に向くのか？

この世の終わりみたいな状態の零くんを、雨宮さんは「れ、零くんのも私は好きだよ！」とフォローしている。

俺は机に放置された、零くん作の服を纏う人形を拾い上げた。

「俺もこれ、縫製が綺麗でいいと思うぞ？　デザインだって、流行りのレトロワンピースっぽくて」

　クラシカルを愛でるブームは定期的に来るものだ。

　確かに裾のスパンコールには、雨宮さんと同じセンスを感じるが……そう思ったら双子はセンスがよくて、長男と長女は斜め上なんだな。

「くそっ……！　そうやって僕をトキめかせて懐柔するつもりだな！　やっぱり侮れない、晴間さんは！」

「そんなつもりじゃ……素直な意見だし」

　というかトキめいたのか。

　なんやかんや零くんの好感度もほんの少し上がった？ところで、今日はお暇することになった。

　雨宮さんが俺の作った人形の服を、心なしか物欲しそうに見ていたので、彼女もこういうのが好きなのだろうか？　hikariの衣装が琴線に触れたのかな。今度は彼女にも作ってあげてもいいかもしれない。

　ちなみに食べる余裕のなかった栗どら焼きは、お持ち帰りさせてもらうことにした。

「じゃ、じゃあね、晴間くん！　また明日学校でね！」

「明日は残念ながら土曜日だけどな」

「あっ！　え、ええっと、また月曜日……？」

「おう、また月曜日な」

うっかり具合も可愛い雨宮さんに玄関で手を振られ、雨宮家を後にする。

知らぬ間に空は薄紫色に染まり、もうじきに夜だ。

「はあ……」

最後に、不慮の事故でふにふにに当たっていた、彼女の胸の感触を思い出し……玄関ドアが閉まったところで蹲ったことは、雨宮家の皆には永遠に秘密である。

Side A　雨宮さんのワガママ

「はあ……」

晴間くんが出て行って、玄関ドアが閉まったところで、私はマットの上で蹲った。

不慮の事故とはいえ、晴間くんにあんな……思い出しては脳が沸騰してしまう。彼が服作りを再開してからも、ずっと平静を装っていたの。

「なにそんなところで丸まってんの、雫姉。アルマジロみたい」

「澪的にはダンゴムシに見える」

いつまで経っても玄関から戻らない私を、妹たちがわざわざ呼びに来てくれた。

霞は人形をずっと抱えていて、よほど晴間くんが作った服がお気に入りみたい。零くんにはごめんなさいだけど、彼作というだけでとっても羨ましい。

「い、今戻るね」

私は皺くちゃになったエプロンを直して立ち上がる。

そのタイミングで、澪の方が「今更だけど、雫姉とハレ兄ってまだ付き合ってなかったんだね」とか言い出した。

ズルリと、私はマットの上で滑って転ぶ。漫画みたいな転び方で、膝を思い切り打ってしまった。

「い、いたたた……」

「ど、どうしたの？　雫姉」

「そんなに動揺すること、私言った？」

霞に手を貸してもらいながら起き上がると、今度は「姉さんのピンチ……!?」「ぴんちー」と、零くんと霰までやって来る。

ううん、それより私と晴間くんが、つつつつつ付き合うって!?

「な、ないよ、ないない！　そりゃあ、晴間くんとそういう関係になれたら、あの、すっごく嬉しいけど……私じゃまだまだつり合わないっていうか……」

もにょもにょと声が小さくなっていく。

口に出すのもおこがましいって感じだ。

それに霰と澪は、揃って「えー！」と不満気な声をあげた。

零くんはなんだか動物に近い奇声をあげているけれど、澪に「零兄は無視でいいから」と言われる。

「雫姉ったら、そんなに可愛く生まれ変わったのにまだ自信ないの!?　そんなんじゃ誰かにハレ兄を取られちゃうよ！　ねっ、澪」

「えっ！」

「うんうん。ハレ兄が意外と器用な上に、家庭的男子ってわかったし。地味だけど隠れ優良物件だから、うかうかしていると持って行かれそうだよね、霞」

「えっ！　えっ！」

「案外ハレ兄のことが好きなライバル、すでにいたりして」

「えっ！　えっ！　えっ！」

「時すでに遅し？」

「えっ！　えっ！　えっ！　えっ！」

ふたりに交互に詰められて、私はかつてない焦りを覚える。

晴間くんはhikariさんの時だと、綺麗なモデルさんや女優さんたちとも接するだろうし、小夏ちゃんとも仲よしだし、今日だって雲雀さんの話を……じょ、女性の影、もしかして凄く多いのかな!?

「この愉快犯双子……これ以上、姉さんに余計なことを吹き込むな！　僕はまだ晴間さんを認めていないぞ！」

「勝負に負けたくせに？」

「負けたくせに？」

「れいにぃちゃ、まけー」

「ぼ、僕はまだ負けてない！　負けてないからな！」

霞と澪の標的は零くんに移り、霰まで乗っかって、いつものきょうだい喧嘩が始まる。

これは長引くやつだ。

私は盛り上がる喧嘩を止める余裕もなく……じんじんと痛む膝と共に、ただただ焦燥感を募らせていた。

（どうしよう……私、誰にも晴間くんを取られたくないよ）

……やっぱり私は、晴間くんのことになるとワガママになっちゃうみたい。

第三章　二度目のプロデュース

雨宮家を訪問した翌日。

晴天の土曜日。

昼からhikariの仕事が入っているわけだが、此度（こたび）の仕事は未知の領域。俺にとっては新しいジャンルへの挑戦だ。

女性向け大手ファッションブランド『Candy in the Candy』こと、通称『アメアメ』には、実は姉妹ブランドがひとつだけ存在する。

それが、ロリィタ服専門店『Candy in the Candy・PINK!』である。

界隈では『桃飴』や『ピンクキャンディ』やら呼ばれているその姉妹ブランドは、主に西洋のお姫様のような、俗に言う甘ロリ系をメインに取り扱い、コアなファンに熱烈な支持を受けている。

しかし、基本はネット販売のみで店舗はなし。

実物を手に取って買えないのがファン的には悲しいところだった。

そんな『PINK!』であるが……需要の拡大により、ついに待望の独立した店舗を構えることが決定。

『アメアメ』本社から徒歩十分ほどのところに、まずはお試しに一店だけ開くことになったのだ。

俺こと『hikari』への依頼内容は、その新規オープンの店舗に赴き、PRを兼ねた写真を撮ること。

つまり。

今回のお仕事で——俺、ロリィタデビューしちゃいます。

「やぁだ！　hikariちゃんが男の子って話、マジだったのねぇ！　社長から聞いた時は半信半疑だったけどぉ、君ならわかるわ！　パッと見はそんな感じしないのに、よく見ると女装映えしそうー！　楽しみ！」

「は、ははっ。本日はよろしくお願いします」

オープン前ということで、まだclose状態の店の裏口から入れば、中は虹やら星やらハートやらの絵が壁にパステルタッチで描かれ、天井からはユニコーンのオブジェが吊り下がるメルヘンワールドだった。

そこで俺は、店長のメロリンさんに迎えられた。

スタッフは全員、こういうテイストのニックネームで働くらしい。

メロリン店長は女性にしては背が高く、苺をモチーフにしたロリィタ服を着ているのだが、やたら迫力があった。くるくるの縦ロールもインパクト大だ。

年齢は二十代後半から三十代前半くらいだと思うのだが、ココロさんの例もあるのでわからない。

第一印象は苺の化身かと……それを伝えたら「せめて苺の妖精って言ってー！」と、肩をバシバシ叩かれた。

骨が砕けそうだったので、前職は女子プロレスラーさんかもしれない。

「お着替えは奥のスタッフルームでしてね！　着方がわからないところあったらすぐ呼んで！」

「わ、わかりました」

普段なら店舗での撮影は、事前に完璧なhikariになってから来る。しかしロリィタ服はロリィタ服の専門家に頼もうということで、まだ俺は男のままだ。

飴色髪のウィッグもつけていない、変身前のただの晴間光輝である。

「お化粧と髪は後回し！　残念ながらココロちゃんが捕まらなかったから、別のヘアメイクアーティストが到着次第ね！」

「ココロさん、忙しいんですね」

「業界人気高いからねぇ。あっ！　バイトの子が来ているから、服のアイテムでわからないことがあればその子に聞いてもオーケーよ！」

俺はそちらにも素直に頷く。

ロリィタ服には『ドロワーズ』や『ヘッドドレス』や『パニエ』やら、その世界で御用達のアイテムがある。

俺はプロのモデルなので事前に調べてあるが、郷に入っては郷に従えで知識不足の時は積極的に尋ねるべきだろう。

なお、『ドロワーズ』はズボン型の下着で、『ヘッドドレス』はレースやリボンで装飾した帯状の髪飾り、『パニエ』はスカートの膨らみを嵩増しするアンダースカートだ。

「バイトのスタッフは、もう何人も雇われたんですか？」

「まだひとりだけね。サイトで募集したら働きたいって子が殺到したんだけど、一際熱心だったの。『PINK!』の有料会員なのはもちろん、購入する度に長文で服の感想を送ってくれている筋金入りよ」

「それはガチ勢ですね」

「即採用しちゃった！」

店長は口元に手を当てて「私のお城で働くなら、本物のロリィタ愛がある子じゃないとね」と、ラスボスみたいにウフフフと笑っている。ファッション業界はこだわりの強い変人が多いよな……と、俺はしみじみ痛感した。

美空姉さんもココロさんも変人だからな。

「hikariちゃんの正体も、絶対に言い振らすような子じゃないわ。安心して変身してきて頂戴！」

店長はまだまだオープン前の仕事があるようで、俺をちゃっちゃっとスタッフルームに追いやった。

部屋には全身鏡やハンガーラックが置かれ、フリルたっぷりのブラウスや、水色を基調としたジャンパースカートがかかっている。

不思議の国のアリス風かな。スカートの裾にはトランプとかティーカップなどが描かれていた。ヒラヒラの白いエプロンと、白と水色のしましまニーハイ、ドでかいリボンのカチューシャもセットである。

アリスといえば金髪だろうが、hikariの飴色の髪にもいい感じにハマるに違いない。

「不思議の国を一世風靡（ふうび）してしまうな……」

想像してみたらアリスな俺、すごく可愛かった。

さすが俺だ。

でもこれ、雨宮さんにも似合いそうだよな。いや、彼女はもう少しクラシカルなロリィタ服の方がいいか？　和ロリも捨てがたい。

つい脱線して、脳内で雨宮さんをあれこれ着せ替えてしまう。

のんびりしていたら、メロリン店長にどやされそうだ。

「とりあえず着替えるか……」

ブラウスをハンガーから取る。

ガチャリとそこで、ドアが開いて誰かが入ってきた。

「すみません、店長。小物の配置についてなんですが……は？」

「雲雀？」

——なぜかそこにいたのは、猛毒の暗雲姫。

しかもふわふわの姫袖に、ピンクのリボンがあちこちに点在する、甘ロリの中でもとびっきり甘いロリィタ服を着ていた。黒髪のサラサラストレートの頭には、俺のアリスリボンに負けないほどデカい、レースのピンクリボンを乗っけている。

初めて話した時の雲雀は、イメージの押し付けに辟易している様子だったが、これはあまりにも学校で見る彼女とはかけ離れている。

意外過ぎる姿に、俺は衝撃で固まった。

「なんで、晴間先輩がこんなところに……いや」

同じく雲雀も目を見開いて固まっていたが、次いでピンクのタイツにおでこ靴を履いた足で、ツカツカと俺に近寄ってきた。

ちょっ！　近い、近い近い近い！

「雲雀！　待て、ストップ！」

「黙ってください。私のこの姿を見られて、生きて帰すわけにはいかないので」

俺は生きて帰れないんですか!?

壁まで追い詰められた俺の腰元あたり、その真横にダンッ！と、雲雀が思い切り足をついた。まさかの壁ドン……ならぬ、足ドン。

そんなに足を上げたらパンツ見えるぞと心配になったが、ちゃんとドロワーズを穿いている。

後輩女子に足ドンされながら、俺はまさに蛇に睨まれたカエル状態。情けなくも指一本動かせない。

だって雲雀の眼力が鋭いんだもの。

確実に二、三人は過去に殺ってるよ、この子。

「あ、あのさ、雲雀……」

「聞きたいことは互いにあるでしょうが、先行は私が取らせて頂きます」

「ど、どうぞ」

「なぜ晴間先輩が、こんなところにいるんですか？　今日はモデルのhikariさんがいらっしゃると聞いていたのですが。その手にしている服、hikariさんが着る予定のものなので

すが？」

そ、そうか。hikariの正体がバレたかと震えていたが……俺はまだ、hikariに変身していないじゃないか！

雲雀からしてみれば、ただの同じ学校に通う知人未満の先輩が、アリス仕様のロリィタ服に着替えようとしていただけだ。

……その時点で崖っぷちだな!?

でもまだ誤魔化せる！　俺はhikariじゃない！

「ああー……これはだな……」

適当に「メロリン店長の知り合いで手伝いに」だとか、「迷い込んだだけなんだ、アリスだけに！　ははっ」だとか、それらしい言い分けをでっち上げようとする。

しかしながら、刺客は思わぬところからやってきた。

「hikariちゃーん！　あっ、まだ光輝くんのままかしら？　アリスのお洋服は見た？　女装男子の君から見ても超キュートでしょー！　うちがオープンしたら、イチオシ商品になる予定なのよっ！」

全身ストロベリーなメロリンさんが「わざとなのか？」というくらい、俺の正体を赤裸々に口にしながら入室してきたのだ。

「hikari……？　晴間先輩が？」

雲雀が訝しげに眉を寄せる。

くそっ！　もう誤魔化せない！

「んん？　あらまあ、なにこれどういう状況？　ヒバちゃんが光輝くんに迫ってる？　ふたりはお知り合い？」

『ヒバちゃん』とは雲雀のあだ名か。

これまた普段の雲雀とはかけ離れたフラットな呼び名で、学校の奴等が聞いたら一様に戸惑いそうだ。

「……学校の先輩です」

「あ、あら、そうなの？」

足ドンしたまま答えた雲雀に、店長はオロオロしながら俺に視線を遣る。

事の重大さにようやく気付いたらしい。

「ごめんなさい、まさか知り合いだなんて……！　hikariちゃんのこと、知人には知られたくなかったわよねっ？」

「それは、まあ……」

「大丈夫ですよ。私は人の秘密を吹聴(ふいちょう)なんて致しませんから。今だって彼の着替えを快く手伝っているところでした。ねえ、先輩？」

俺の返答を遮って、いいから話を合わせろと雲雀が圧力を掛けてくる。

「他人の秘密を言い触らすなど、人間の行いとして底辺もいいところ。クズでカスでゴミがすることです。先輩もそう思いますよね？」

それは言外に、『私のこの格好のことも言い触らしたらどうなるかわかってんだろうな』という脅しだった。

やはりこの眼力、殺し屋のそれだ。

俺はひたすら頷くことしかできない。

クズでもカスでもゴミでも底辺でもないです、はい。

「そ、そう？　それならよかったけど……」

「店長はなにもご心配なさらず。それより早急に、小物の配置について聞きたいことがあります」

「あっ、それならヒバちゃんはこっちに来てもらおうかしら。光輝くんは早く着替えてきてね！」

「は、はい」

メロリン店長に返事をしたところで、やっと足ドンから解放される俺。

だが離れる直前に、雲雀はローズピンクのリップを塗った唇を近付けて、俺の耳元でそっと囁いた。

「事情はあとでお聞きしますから。くれぐれも逃げないでくださいね？」

こんな状況でなければ、美少女に接近されてちょっとはドキドキしたかもしれない。

実際は別の意味で心拍数が上がった。恐怖で。

大量のリボンをあしらったスカートを翻し、雲雀は店長と部屋を出て行く。ひとりきりになった室内で、俺は壁に背を預けたままズルズルと座り込んだ。

「こ、こえぇ」

さすが猛毒の暗雲姫。

あの告白して散ったイケメンくん、改めてよく立ち向かったよ。

「でも秘密を握り合っている状況なら、ある意味安心なのか……？」

俺の事情を話せば、雲雀の事情も教えてくれるのだろうか。

雲雀がロリィタ姿で、ここでバイトをしている理由。

単純に隠れた趣味なのかもしれないが、それにしたって俺と同等かそれ以上にバラされたくないと必死過ぎて、事情を知りたいと思ってしまう。

ただ……それより今は、優しい雨宮さんに癒されたかった。

エプロン姿の彼女を思い浮かべるだけで謎の涙が出そうだ。走馬灯かな？

これから仕事なのにもう俺はくじけそうだよ、雨宮さん。

「た、立ち直れ、俺……！」

脳内で『頑張って、晴間くん！』と雨宮さんの声を再生し、なんとか奮起した俺は、慣れない服ながら試行錯誤してお着替えを済ませた。

　到着したヘアメイクアーティストさんの手で、ウィッグも装着。飴色の髪はコテでふんわりカールをつけ、水色リボンのカチューシャもＯＫ。涙袋を強調したメイクは、大きな瞳をうるうるとより愛らしく見せる。

　まさに絵本の中から飛び出してきた美少女。

　完璧な不思議の国のアリスちゃんだ。

「うちの服をこんなに着こなすなんて……！　男の子だなんて信じられない！」

　俺の仕上がりを前に、メロリン店長は大興奮。

　ヘアメイクさんと一緒に来た馴染みのカメラマンさんも「ロリィタ界にもhikari旋風を巻き起こしちゃうねぇ！」と煽てまくり、撮影は着々と進んでいった。

　唯一、気になることといえば……。

（……雲雀が怖いんだが！）

　この撮影中、雲雀が俺を穴が空くほどガン見していることだ。

　変身した俺と初対面の際、雲雀は「晴間先輩……？　こんな美少女の中身が本当に？」と疑惑の目を向けてきた。元の俺を知っており、そこからhikari姿を初見ならまぁある反応だ。故にそこはいい。

　だが疑惑が晴れてからも、突き刺さる視線がずっと痛くてな……やけに熱が籠っているようで、雲雀の考えがわからない。

今もカメラマンさんたちから一歩引いたところで、ピンクロリィタ姿の雲雀は俺を凝視している。

本物の美少女にここまで見つめられると、俺とて落ち着かない。

あれはいったい、どういう感情で俺を見ているんだ?

「はい、撮影終了！　お疲れ様、hikariちゃん！」

店内のあちこちでシャッターを切ったカメラマンさんが、「宣伝になるいい写真が撮れたよ！」とグーサインをする。

雲雀の剣山みたいな視線にも耐え切り、無事に俺は仕事を終えられた。後はさっさと光輝に戻って退散するのみである。

雲雀と互いの事情を話す……という件は、もう今度でいいや。

俺の秘密が明るみに出なければひとまずいいから、雲雀が怖過ぎるのでいったん逃げることにする。

「それじゃあ、お先に失礼します！」

女装を解いた俺は、メロリン店長や撮影スタッフさんへの挨拶も素早く終わらせ、雲雀がどこかに行っている隙に裏口から店を出ようとした。

よしよし、このまま行けば逃げ切れ……。

「なにを勝手に帰ろうとしているんですか、先輩？　逃げないでくださいねって言いましたよね」

……ませんでした。

俺の行動を読んでいたように、裏口には腕を組む雲雀が待ち構えていた。

彼女も着替えていて、ふわふわ甘々なロリィタ姿から一転、上はシンプルなグレーのニットで、下は黒のタイトなロングスカートと、大人びたモノトーンコーデで纏めている。

大女優のオフショット感あるな。サングラスあれば特に。

こちらの方が、学校での『雲雀のイメージ』に合う私服だった。

ただ、俺の脳裏には先ほどの『ピンク！　ピンク！　ピンク！』な姿が焼き付いているため、ギャップに認識のバグを起こしそうである。

そこは俺、人のこと言えないんだけどさ。

俺とhikariの方が起こるよな、認識のバグ！

「それで、このあとお時間はありますか？」

「も、申し訳ないんだが、ちょっと用事が……」

「hikariさんの本日のお仕事はこれで終了だと、店長から伺っております。その用事は急を要するものでしょうか？」

「……ごめんなさい、特にないです」

「正直でよろしい。ではどこか、ゆっくり話せるところに移動しますよ」

さっさと歩き出す雲雀に、俺はついて行っていいものか戸惑う。すると振り返った彼女に睨まれた。

「もたもたせずついてきてください。先輩はカメかカタツムリかミミズですか」

「わりとミミズは動き速い気がするぞ！　じゃなくて……！」

「いいから歩け」

「はい」

俺って先輩だよな？

そんな心の問いかけも虚しく、雲雀に従って訪れたのは、裏通りに佇むレトロな雰囲気の喫茶店だ。

窓のすりガラスに生成り色の壁。ジャズが流れていて、チョビ髭のマスターが淹れるコーヒーは確実に美味しいだろう店。

そこの窓際のソファ席に、雲雀と向かい合わせに座る。

近くの席でＰＣを広げるサラリーマンが、雲雀を一目見て「うわ、めちゃめちゃ可愛い」と呟いたのが聞こえた。

我が校の四大美少女だもんなあ……。

一般的に見ても芸能人クラスが揃っているし。

　可愛さでは雨宮さんが一番だけどさ。

「先輩、こちらメニューです。なにか好きなものを頼んでください。お会計は付き合わせた私が持ちます」

「いやいや、それは悪いって！　むしろ俺が払うよ」

　メニューを差し出して雲雀がそんな申し出をするので、俺は首を横に振った。

　雲雀は冷ややかな表情になる。

「なんですか？　女の子の前だからとカッコつけたいだけなら、鬱陶(うっとう)しいとしか思わないので。私だって無理やり付き合わせたことくらい弁(わきま)えていますよ。支払いくらいします。男の変なプライドを見せられる方が迷惑です」

「別にそういうわけじゃなくて、強いて言うなら先輩のプライドだよ。俺は後輩に奢らせたりしないって」

「先輩のこと『先輩』って便宜上は呼んでいますが、別に先輩を先輩として敬(うやま)ってはいないのでその気遣いも不要です」

「ああ言えばこう言うなあ、お前！」

　口論の末、自分の支払いは自分ですることに落ち着いた。

　雲雀は怖いだけじゃなく、なかなかに面倒な奴だ。

「はあ……俺はオレンジジュースで」

「……私はクリームソーダを」

適当にメニューを指差した俺と違って、雲雀は吸い寄せられるようにそれを選んだ。先ほどまで冷ややかだったのに、ほんのりウキウキしているようにも……？

「好きなのか、クリームソーダ」

「すっ、好きで悪いですか？　味はメロン、サクランボは必需品だと考えておりますがなにか!?」

「こだわりまであるじゃん……」

もしかしてこの店は、雲雀のお気に入りクリームソーダスポットとかなのか。

単に思ったことを呟いただけなのに、雲雀は全力で噛み付いてくる。

「絶対にアイスがのっていないと嫌とか、似合わず子供っぽいと思っているんでしょう？　飲み物までイメージどうこう言われたくありません！」

「なにも言ってないだろ。飲みたいもん頼めばいいいって」

確かにブラックコーヒーだけ飲んでいそうなイメージはあったけどさ。過剰反応にこっちがビックリだ。

店員さんを呼んで注文したところで、ようやく雲雀も落ち着いたようだ。

コホンッと咳払いして本題に入る。

「失礼、取り乱しました……単刀直入に聞きますが、先輩はどうして女装してモデルをされているんですか？」

「本当に単刀直入だな」

　切り込み方が大変真っ直ぐだ。

　俺は観念して、いつか雨宮さんにも説明したように、『アメアメ』が身内の会社であることや美空姉さんとのやり取り、俺が女装すると世界一（今は二）可愛いことなどをツラツラと説明した。

「……ところどころ意味がわかりませんが、概ねわかりました。先輩もお身内のために難儀してますね」

「きっかけは美空姉さんで……まあ身内のためでも、hikariになるのは嫌いじゃないし。けっこう楽しくやっているぞ」

「楽しく、ですか。羨ましいです」

　フッと、雲雀が長い睫毛を伏せる。

　色濃い憂いを覗かせたところで、チョビ髭のマスター自ら注文の品をトレイで運んで来てくれた。

「お待たせ致しました。オレンジジュースと、当店の看板メニュー『初恋の思い出・哀愁のクリームソーダ』です」

　ありのままのオレンジジュースに対し、なんかクリームソーダだけ名前凝っている。本とか映画のタイトル風だ。

ソーダのグラスが置かれた途端、雲雀は憂いを引っ込めて微かに目を輝かせる。

これはあれだ、どら焼きを前にした雨宮さんと同じ。

好物に対する人間の反応だ。

ストローでツンツンとバニラアイスを突く姿に、雲雀にも素直な面があるじゃないかと微笑ましく見ていたら、「私のクリームソーダ好きも、誰かにバラしたら貴方をバラしますから」と凄まれた。

暴露したら解体されるってこと……？

「マジで物騒だなお前……それで、そっちの事情は？　俺が話したんだから、次は雲雀の番だぞ」

「…………」

「え、無言？」

俺には話させたくせに、そっちは黙秘権行使か!?と慄いたが、なにやら覚悟を決めていたらしい。

雲雀は沈痛な面持ちで口を開く。

「私のあの格好は……単純に好き、だからです」

「お、おお、そうか」

やはり、『隠れた趣味』説が正解らしい。

だけど雲雀がそこに込める想いは、どうやら単純ではないようで……。

「私の身内……特に母は、晴間先輩のお身内のように、柔軟な考えの持ち主ではありません。厳格で世間の評価を兎角気にする人です。私も常に母に倣った生き方をするよう求められてきました。そのことに……なんと言いますか、少々疲れていた時に、街中でロリィタ服の子の集まりを見たんです」

窮屈な日々に耐えていた雲雀にとって、己の『好き』を突き詰めた格好で楽しそうにする彼女たちは途方もなく眩しかったという。

ある意味、運命の出会いだ。

そこから強い憧れを抱き、雲雀はロリィタ服に興味を持った。

「ネットで調べて最初に出て来たのが、『Candy in the Candy・PINK!』のサイトでした。最初は眺めるだけで満足していたはずが、一度私も着てみたいという衝動を抑えられなくなり……」

「ああ、新しいファッションへの興味ってそんなものだよな」

「通販でこっそり、フリルのついたブラウスを一枚頼みました。そうしたら次は、このブラウスに合うジャンパースカートが欲しいとか、靴はこれがいいかしらとか考え出しまして……」

「わかるわかる。総合的なコーデを追求し出すよな」

「コーデが完成すると、だんだんその服で外を歩いてみたくもなって……」

「わかるぞ！　最強に可愛く仕上げた自分を、世間様に見てもらいたくなるよな！」

あれもこれも共感しかない。

雲雀はずいぶん重々しく語っているが、それはオシャレに目覚めた女の子なら誰しもが体験する気持ちだ。

女装男子の俺ですら体験しているぞ！

ただ雲雀はなんと、今日初めてお外でロリィタデビューしたらしい。

「外といっても店長のご厚意で、店の中でだけ商品を試着させてもらっていたといいますか……」

あの服は試着中だったのか。メロリン店長、ロリィタ愛のある子にはどこまでも寛容そうだもんな。

「それまではずっと、自室でひとりファッションショーをしていました。母はもちろん、普段の私を知る方に見られる勇気はなかったので……」

溶けたアイスごと、雲雀はクリームソーダを啜る。

ストローから唇を離すと、柳眉を下げて自嘲した。

「滑稽ですよね。イメージを押し付けるなとか吠えておいて、当の私が一番、そのイメージと違う自分を晒すことに怯えているんです」

「雲雀……」

「でも本当は、きっかけをくれたロリィタの子たちみたいに、好きな格好でもっと堂々としていいたいんです。『PINK!』のバイトに申し込んだのも、ダメ元でしたが一歩踏み出したくて……」

俺もオレンジジュースを一口飲んで、彼女の小さな決意に「そっか」と相槌を打つ。メロリン店長にロリィタの格好を褒められて、雲雀は心から嬉しかったと。

ずっとひとりファッションショーをしていたなら、初めてもらった他者からの称賛は沁みたはずだ。

俺も『hikari可愛い』と絶賛されると、改めて『俺可愛い』と実感が湧くしな。

「雲雀の甘ロリ、俺もよかったと思うぞ」

「お、お世辞はけっこうです！」

「馬鹿野郎、俺はファッションでお世辞は一切言わん」

腕を組んでフンッと鼻を鳴らす。

『可愛い』という言葉はもっと言わないけどな。あれは勝手ながら俺と雨宮さん専用である。

俺はプライドと自信が高めな女装男子なのだ。

「路線的には、ゴスロリやミリロリも雲雀に合いそうだ」

「さすが詳しいですね、先輩……そっ、そちらも、いずれは挑戦してみたいとは考えております」

『ゴスロリ』は正式には、ゴシックアンドロリィタ。ダークで退廃的な雰囲気で、根強いファンの多いロリィタ服だ。十字架や蜘蛛の巣なんかのモチーフが多いな。

『ミリロリ』はミリタリーロリィタ……つまりは軍服風のロリィタで、カッコ可愛い系で纏められる。

美空姉さんに資料を渡されてから、ちゃんと勉強したのだ。

雲雀は感心半分、呆れ半分で俺を見つつ、ふうと溜息をつく。

「ですが……今日初めて世界が広がって、私の求める『可愛さ』にはまだまだだとわかりました。それで、その、どうやったら先輩みたいに……ますか」

「ん？　すまん、声が小さくてよく……？」

「い、一回で聞き取ってください！　あなたの耳にはこのバニラアイスでも詰まっているんですか!?」

「それはベタベタしそうだな!?」

いきなりの罵倒。

感情の起伏が存外激しいんだよな、コイツ。瞬間湯沸かし器みたいなところがある。

そして雲雀は「どうやったら先輩みたいに、『もっと可愛くなれますか』と聞いたんです！」と叫んだ。

「お、俺みたいにか？」

「……撮影中の先輩は、素晴らしく可愛いかったです。初めてロリィタの子たちを見た時の衝撃を超えるほどで、正直に申し上げて魅入りました」

その感想に、俺は目を見開く。

撮影中の俺を射殺さんばかりに見ていたのは、めちゃめちゃわかりにくいが羨望の眼差しだったのか……？

「私はもっと、ロリィタを可愛く着こなしたいんです。メロリン店長にも、先ほどこれを勧められまして」

「ん？」

雲雀はシンプルなカバーのスマホを取り出し、軽く操作して俺に手渡した。画面にはハートで埋め尽くされた派手なサイトが表示されている。

そこに躍る文字を、俺はそのまま読み上げる。

「えっと……『集まれ、ロリィタガール！　一番可愛いのはあなた♡　コンテスト』？」

なんだ？

この浮かれたタイトルは。

概要に目を通せば、要は一番『可愛い』ロリィタガールを決める、一般人向けのコンテストのようだが……。

「雲雀はこれに出たいのか？」

「……いけませんか」

「すぐそう睨むなって！　俺はいいと思うぞ、こういうの。可愛さにあえて優劣をつける、粋な趣旨の祭りだ。俺が出たら確実に場を荒らすな、可愛い過ぎて」

「先輩も大概おかしいですよね」

失礼な罵倒も含め、雲雀節には慣れてきた。このくらいで傷つく精神は持ち合わせていないぜ。

サッとスマホを回収した雲雀は、コンテストに出たいと思った理由を話す。

「店長に強く勧められたというのもありますが、今日一歩踏み出せのだから、もう三歩進めたらと……自分の『可愛い』をよりたくさん認めてもらいたいと、またしても欲が出ました」

「それで俺に、可愛いの教えを請いたいと。でもいいのか？　コンテストに出たら親御さんにもバレそうだぞ？」

「ファッションコンテストのため、顔を隠す覆面での参加も許されるそうです。お面などつければ問題ないかと。前提として、うちの親が興味のない情報を進んで得るとも思えませんし」

「なるほど……」

コンテスト参加は「もう三歩」どころか、スクーターでひとっ飛びしている気もするが雲雀の考えには感銘を受けた。

自分の『可愛い』をたくさん認めてもらいたい。

前向きな欲求だ。

世界の可愛い代表・hikariとして、可愛くなりたい女の子を全面支援しなくてはいけないと、妙な責任感がムクムク湧いてくる。

俺のやる気スイッチが入ってしまった。

「コンテストでトップを目指そうとか、そんな身の程知らずな野望はありません。先輩にアドバイスを頂き、せめて他の参加者に見劣りしないぐらいには……」

「そんな弱気じゃダメだ！　どうせなら天辺を目指そう、雲雀！」

「……は」

ガシッと、俺は雲雀の白魚(しらうお)のような手を取った。

勢いで腕がぶつかって、グラスがぐらつく。

俺のいきなりな行動に雲雀のツリ目はまん丸になっており、大人びた綺麗系の顔立ちがたちまち幼い印象になる。

「全面的に俺がバックアップする！　hikariのプロデュースだ、コンテスト一位の座を必ずお前に与えてみせる！」

「そこまでしなくてもいいのですが……」

「いや、やるなら天下統一だ！」

「戦国武将ですか。でも、その……先輩が進んで私を手伝ってくださるというのなら、まあ……」

　雲雀はごにょごにょと唇を迷わせながらも、「よろしく、お願い、します」と途切れ途切れに頼んでくる。

　チョビ髭マスターが、そんな俺たちをカウンター越しに眺めて「青春だねぇ」としみじみ呟いた。

　雨宮さんに続いて、二度目のプロデュース。

　四大美少女の手助けをすることも、雷架に次いで二度目となる。

　こうして俺と雲雀の、ロリィタの道を極めるコンテスト攻略大作戦が開始した。

第四章　コンテスト準備中

　ざわざわと、昼休みになって騒がしい教室。

　特に休み明けの月曜日のため、午前の授業が終わっただけでもみんな解放感に満ち溢れている。

　担任のヨボヨボおじいちゃんこと、城(シロ)センが先ほどまで歴史の授業を行っていたのだが、喋り方が般若心経(はんにゃしんぎょう)過ぎてほぼ全員寝ていた。ああ、真面目な雨宮さんはいつも通りちゃんと聞いていたけれど。

　そんな中、俺は教科書に隠して雑誌を開いていた。

　真剣に読んでいたのは、ロリィタファッションの専門誌だ。

「よっ、光輝！　購買には行かないのか？」

「御影(みかげ)か」

　俺が雑誌を閉じる前に、親友の和泉(いずみ)御影が、ふわふわの天パ頭を揺らして声を掛けてきた。

　小学校からの幼馴染みである彼は、今日も今日とて腹立つほどイケメンだ。

これで他校のカノジョとラブラブなんて、もうなんかいい加減にしてほしいよな。

「なに授業中に読んでいるんだよ……ロリィタ？　hikari の新規開拓か？」

俺周りの事情をすべて把握している御影は、勝手に正しく解釈してくれるから助かる。

俺は「そんなところだ」と適当に答えておいた。

「お前も大変だな。ロリィタはいいとして、購買行くなら早くしないと目ぼしいパンが売り切れるぞ」

「いや、今日は……」

「は、晴間くん！」

いそいそと、雨宮さんが俺の席にやってきた。

「お昼一緒に食べるって約束……晴間くんの分も作って来たんだけど、大丈夫？」

遠慮がちに伺う彼女の胸には、巾着袋に入った弁当箱がふたつ抱えられている。

昨晩、雨宮さんとあれこれメッセージアプリでやり取りしていた際、流れで彼女のお手製唐揚げの話題が出た。

先週の金曜日、雨宮家訪問で小耳に挟んだやつだ。

『俺も一回食べてみたいなって』

『じゃ、じゃあ、明日お弁当に入れて持って行くよ！　よかったら晴間くんの分も作らせてください』

『ええっ？　それは悪いって！』

『ちょうど今夜のお夕食で作り過ぎちゃったの。その残りだから気にしないで！』

『雫くんに粛清されないかな……』

『さ、されないよ！　晴間くんには、お人形の服作りをしてもらった件もあるし……そのお礼でどうかな？』

『雫くんも怖いけど、雨宮さんの負担にならないか？　ただでさえ家事が大変なのに』

『ううん！　私が晴間くんに食べて欲しいの！』

『それなら有り難くお願いしようかな』

『うん！』


以上が、お弁当作りまでの経緯である。

連絡先を交換した当初は、雨宮さんの文章が硬すぎたり誤字だらけだったりでスムーズに会話が進行しなかったが、俺たちも成長したものだ。

なにより雨宮さんの唐揚げ、普通に楽しみです。

心弾ませていたら、御影がニヤニヤしつつ俺の肩をポンと叩いた。

「なんだよ、そういうことか！　水臭いな、親友の俺くらいには言えよ」

「なにをだよ」

「いいなあ、俺も愛妻弁当が食べたいもんだ。今度カノジョに頼もうかな」

「お前のカノジョ、料理は壊滅的だろう！……」

俺も何度か会ったことがあり、ゆるふわ系のいい子なのだが、本人も自覚するほど料理は苦手だったはずだ。俺にもどうぞと差し入れてくれたクッキーが真っ黒な炭だったこと、よく覚えているぞ。

御影は残さずバリバリ食っていて、思わず尊敬した。

そんな親友は俺のコメントなどスルーで、なにやらしみじみしている。

「厄介な『自分最強可愛い病』を患っていた光輝に、ついに春が……感動の涙が出そうだ。これからも光輝をよろしくな、雨宮さん！」

「は、はい？」

いったいどんな勘違いをしているのやら。謎に雨宮さんへ俺を託す御影は、相変わらずイケメンなのに残念な奴だった。

雨宮さんも応えなくていいぞ！

そのまま俺たちは、御影に謎の拍手で送り出される。

雨宮さんの動向を追うクラスメイト連中には「また晴間か！」と歯軋り（ぎし）されたが、雨宮さんの弁当を前にした俺は無敵である。素知らぬ顔を貫き通した。

訪れた屋上から見える空は、どんよりとした曇り。

とっくに梅雨明けはしたはずだが、予報は雨だ。ただ降るのは夕方からで今はまだ快適だった。

天候さえ問題なければ、人気のないここは穴場のお昼スポットだ。

「お弁当はこれ、なんだけど……」

「うわっ！　凄いな！」

雨宮さんから受け取ったアルミ製の弁当箱を開いてみれば、一段目にはサツマイモの炊き込み御飯、二段目には例の唐揚げの他、黄金色の卵焼き、人参が花の形になっている野菜の煮物、アスパラのベーコン巻き……と、家庭的かつ彩り豊かなラインナップが目に飛び込んで来た。

俺も料理が出来る分、手が込んでいることが理解出来る。

「しょ、食後に冷凍みかんもあるよ！」

「至れり尽くせりじゃないか……ありがとうな。いただきます」

感謝と共に、勢いよく唐揚げに齧り付く。

外の衣はサクッと揚がりながらも、肉は柔らかくてジューシー。これは老舗の定食屋の味……！

「めちゃめちゃ旨い！　金出しても食いたいくらいだ！」

「お、お金取れるようなレベルではないよ！」

「いやいや、これは雨宮家で大絶賛されるのもわかる！　マジで！」

ご飯や他のおかずもどれも美味しくて、幸福な昼休みである。

俺が褒める度、頬に手を当てて照れる雨宮さんは死ぬほど可愛いし。

「本当はね、食後のデザートは冷凍みかんじゃなくて、甘々堂のミニどら焼きを持って来るつもりだったの。でも澪が間違えてパクパク食べて、霞の分もなくなったから大喧嘩になっちゃって……」

「あの双子って喧嘩するんだな」

「頻繁にするよ！」

意外だ。

あのふたりは双子らしい一蓮托生なイメージが強いから。

「毎回激しめで、今回は霞がボディブローを決めようとしたら、澪が先に足払いをかけて、マウントを取ったところで慌てて零くんが止めに入って……」

「ち、血の気が多いな」

雨宮さんきょうだいのまったく微笑ましくない喧嘩エピソードを聞きつつ、冷凍みかんの皮をむきむきする。

内容はどうあれ、一生懸命に語る雨宮さんには癒される。

とても平和だ。

「あっ、ごめんね！　私が一方的に話しちゃって……つまんないよね？」

「俺は雨宮さんの話なら一生聞けるし、気にせず話してくれ」

正直な返答をしただけなんだが、雨宮さんは「晴間くんって絶対にモテるよね……」なんて呟いて、赤い顔で俯（うつむ）いてしまった。

まったくモテないけどな。

ただの晴間くんは。

「お言葉に甘えてまだまだ話したいけど……もう昼休み、終わっちゃうね」

「おわっ、本当だ」

俺は急いで残りのみかんを口に詰め込む。雨宮さんといると時間があっという間に過ぎてしまうな。

「ほ、放課後は、また一緒に帰れるかな？　もし今日も時間があれば、またうちに……」

「うっ！　悪い、放課後は予定があって……！」

「もしかしてhikariさんのお仕事？」

「仕事、では、ないんだけどさ」

雨宮さんからのお誘いを断るなんて、極刑ものの重罪だ。

しかし本日は先約がある。

雲雀と目指すことになった『集まれ、ロリィタガール！　一番可愛いのはあなた♡　コンテスト』……長いからロリィタコンテストでいいか。その一次審査の応募〆切が、なんと明日だったのだ。

そのための打ち合わせを、放課後に雲雀とする手筈になっている。

プロデュースしてやると宣言したからには手を抜けない。

ただ雲雀の趣味のことは秘密だから、雨宮さんに事情を説明できないのが心苦しいところだ。

……ん？

でもそういえば、雨宮さんに先週届いていたラブレターもどきによれば、今日の早朝に雨宮さんは、雲雀からのインタビューを受けたんだよな？

特に会話に出て来ないからすっかり忘れていた。

これは雲雀から聞いたんだが、わざわざ早朝を指定したのは、昼休みだと時間が短いし、放課後はメロリン店長のところでバイトが入るかもしれないからだった。つまりは雲雀側の都合だな。

ちなみにうちの高校は基本バイトＯＫで、雲雀は生徒会の仕事とも両立させて行くつもりらしい。

憧れの店で働けるんだから、どっちも頑張りたいよな。

脱線したが……雲雀と雨宮さんは、もう面識があるってことか。かといって今、雨宮さんに雲雀の秘密を勝手に明かしていいわけでは決してないが……。

「晴間くん？　えっと、理由は無理に言わなくていいよ？　晴間くんのプライベートなことだから」

うだうだ余計なことまで思考が飛んでいたら、聖母のように優しい雨宮さんに気を遣わせてしまった。

サラリと頬に流れる髪を耳にかけて、彼女は控え目な笑みを浮かべる。

「残念だけど、予定が空いたらまたお願いしたいな。妹たちや霰も喜ぶよ」

「ああ、また改めて訪問させてもらうな」

「零くんも『晴間さんと再戦したい』って燃えていたから……」

「そっちは慎んで辞退します」

今度こそ肉弾戦に持ち込まれたら勝ち目はない。

こうして雨宮さんのお弁当をしっかり堪能し、俺は来たるべき放課後へと備えることにした。

§

さて、問題のロリィタコンテストだが、これは地域単位でやっている小規模な企画などではなく、全国区の大イベントだった。

応募者数は毎年、優に三千人超え。

ロリィタガールの間では、このコンテストに名を残すことは大いなる名誉なのだとか。きちんと調べてみたら協賛にシレッと『Candy in the Candy・PINK!』の名前もあり、これだけの規模なら「ですよね」って感じだ。

そんな栄えあるコンテストのため、審査もかなり厳しいと聞く。

審査員長のお眼鏡に適う子がおらず、ナンバーワンロリィタガールが決まらなかった年もあるそうだ。優勝者なしもあり得るということだな。

その鬼の審査員長こと『バタフライ畠山』さんは、ロリィタ界のレジェンドとも言われている御方らしい。

名前からまず強キャラの匂いがする。

――そんなコンテストに、俺と雲雀は挑むわけだ。

「……先輩、課題の作文を書いてきたのですが、チェックして頂けますか」

「おっ、見せてもらうな」

雲雀がスクールバッグから取り出したのは、四百字詰めの原稿用紙が二枚。俺はさっそくそれに目を通す。

ここは前にも雲雀と話し合いをした喫茶店。

学校からわざわざ場所を移したのは、俺たちの秘密の情報漏洩を防ぐためである。

窓際のソファ席にて、雲雀と俺は向かい合わせで座っている。ポツポツと降り出した雨は、窓ガラスに跳ね返って少々耳につく程度だ。

注文はすでに済ませ、俺はコーラ、雲雀はまたもやクリームソーダを選択。

作文を読み終わる頃に、俺たちの顔を覚えたチョビ髭マスターが「これはサービスだよ、青春を謳歌する若人(わこうど)たち」と、飲み物と共に小皿に載せた自家製クッキーも置いて行ってくれた。

キャラ濃いけどいい人だよな……。

「内容はどうですか？」

「うん、いいんじゃないかな。まず文章上手いな、雲雀」

俺は感心しつつ、原稿用紙を雲雀に返却する。

コンテストの一次審査は書類選考で、履歴書というほどでもない簡単なプロフィールと、ロリィタ姿の写真を全身＆アップで各一枚、そして『あなたのロリィタ愛を語ってください』というテーマのミニ作文を提出することになっている。

応募〆切は明日で、結果は一週間後にわかるそうだ。

俺たちが出遅れただけで募集開始はけっこう前らしいが、例年の応募数を鑑みればなかなかのスピード進行だ。

写真はメロリン店長の協力もあって、昨日……日曜日を丸々潰して、なんとか準備出来た。

一番重視されるのは写真であることは間違いないが、作文も軽視はできない。

なにが審査員側の心に響くかは未知数だからな。

しかしながら危惧せずとも、雲雀の作文はロリィタへの愛が伝わる会心の出来だった。

例の出会いのエピソードがしっかり書かれている。

「……文章を書くことは、そこそこ得意なんです。将来はファッション雑誌のライターになれたらと」

「へぇ、そうなのか」

プロのカメラマンを目指す雷架みたいに、夢があるのはいいことだよな。

「なんでライターになりたいって思ったんだ？」

「そこまで先輩に言わなきゃいけないんですか？」

「言いたくないならいいけどよ……」

「言いたくないとは言っていません」

コイツは一度トゲを挟まないと、まともに会話できないのか？

呆れる俺に、雲雀はクッキーに手を伸ばしつつ問い掛ける。

「先輩は『Make（メイク）・ロリィタ』という雑誌をご存じですか？」

「おう」

同じくクッキーを齧って、即座に頷く俺。

知っているもなにも、俺が授業中にこっそり読んでいたロリィタ服専門雑誌の名で、『PINK!』も特集が組まれていたっけ。

「その雑誌は私の愛読書です。特に『ロリィタと私』という毎月連載しているコラムが好きで……私もいつかライターになって、関われたら嬉しく思います」

雲雀は淡々と「うちの親は反対するでしょうけど」と付け足す。

そう考えると、息子が女装モデルなんて頓珍漢（とんちんかん）なことをしていても、反対するどころかhikariの活躍を喜々として追っている俺の親は、かなり大らかなのだろうか。父さんも母さんも、のんびり屋でマイペースな人たちだしな。

「雲雀ならたぶん順当にライターになれるだろうな。俺は雲雀の書く文章、けっこう好きだぞ」

「せっ、先輩に褒められたところで、特に喜ばしくもありません！」

ツンッと雲雀はそっぽを向くが、オレンジの照明に照らされた彼女の耳は淡く赤みがさしていた。

これはツンドラの『ツン』が取れ始めている？

いや、ツンデレと違って、ツンドラの『ツン』が取れたら残りは『ドラ』か。ドラ……どら焼き？

などとくだらないことを考えるも、猛毒の暗雲姫が態度を緩和していく様は、雨宮双子が懐いてくれたときを想起させる。

警戒心バリ高の猫が懐くとほっこりするよな。

俺は畳み掛けてみる。

「これから雲雀が書く雨宮さんのインタビュー記事楽しみだな！　雨宮さんの可愛い魅力を、どうか存分に表現してくれ！」

今朝インタビューが済んだなら、これから校内新聞用の記事にするところか。来月頭の発行に合わせる形だろう。

雲雀もバイトにコンテストに生徒会と多忙だと思うが、ぜひ素晴らしいものにして頂きたい。

念押ししてコーラのストローを咥えたところで、雲雀が胡乱げな目をする。

「……先輩は、雨宮先輩とお付き合いをされているんですか？」

「ぶっ！」

危うくベタにコーラを吹きかけた。気管に入ってゲホゲホする。

あ、雨宮さんと付き合う？

カレカノってことだよな!?

「カノジョかと思ったんですが、違うのでしょうか」

「な、なんでそう思ったんだよ!?」

御影といい、どいつもこいつも！

「雨宮先輩もインタビュー中、晴間先輩のことばかり喋っていたので。晴間くんは凄い人なんだよとか、優しくて面倒見がよくてカッコいいとか」

「う、うぐぅ……」

「どんな反応ですか」

心臓のあたりが苦しくて、胸を押さえてテーブルに突っ伏す俺に、雲雀は追撃の手を緩めない。

「それで、お付き合いされているのですか？　いないのですか？」

「な、ないって！　俺と雨宮さんは友達、だから」

「ふーん……」

「お前こそどんな反応だよ、ふーんって」

「ふーんはふーんです」

唇を尖らせる雲雀に、俺は釈然としなかったが、彼女はクリームソーダをくるりとストローで掻き混ぜると、ちゃっちゃっと話題を戻す。

「……作文に問題がないなら、今日これからすぐ書類選考に応募して来ますね。結果が出次第、先輩にはご連絡します」

「お、おう」

雲雀とは日曜の段階で、すでに連絡先を交換済みだ。

思えば俺の連絡先リストには、四大美少女のうちの三人も登録されているんだよな……やっかみも仕方ないのかもしれない。

チョビ髭マスターが俺たちを眺めながら、またしても「青春、それは恋の嵐……」とか謎の呟きをしていたが、コンテストには無事に応募出来そうだった。

Side A　雨宮さんの決意

降り出した雨の中、私はビニール傘をさして校門を出た。

傘の下にはもうひとりいて、小夏ちゃんが私の腕にむぎゅうと抱き着いてくる。

「助かったよ、アマミン！　マジ感謝！」

「そんな感謝なんて……濡れて風邪引いたら大変だもんね」

――晴間くんと一緒に下校出来なくて、しょんぼりしながら迎えた放課後。

予報通りの雨に昇降口で傘を開いていたら、なにやら足をグッグッと伸ばしてストレッチをしている小夏ちゃんがいた。

クラスメイトの雷架小夏ちゃんは、私のお友達。

女子なら誰もが羨やむスラッと伸びたハリのある肢体。くりくりした瞳に尖った八重歯がチャーミングで、笑顔が向日葵（ひまわり）みたいな女の子。

栗色のショートカットは右側だけ、頭の上でちょこんと一房結んでいる。キラリと光る稲妻マークの髪飾りつきだ。

私の雫形のヘアピンみたいに、いつもつけているからお気に入りなんだろうな。

晴間くんにもらったピンは、私の宝物。

天真爛漫で気さくな小夏ちゃんは、「アマミンにそのピン、最高に似合っているよん」と前に褒めてくれたっけ。

そんな彼女がなぜ、昇降口でストレッチをしているのか。

おずおず尋ねると……。

「傘を忘れたから、走って帰ろうと思って！」

……などと、あっけらかんとした答えが返ってきた。

私と違って運動神経抜群な小夏ちゃんは、確かに弾丸のようなスピードで雨の中を駆け抜けられるかもしれない。雨足はまだ弱いし、晴間くんも「アイツの身体能力は化け物クラス」って評していたから……。

かといって当然、そのまま見送れるはずもない。

私から傘に入って行くよう勧めたの。

ボロいビニール傘なのは申し訳ないけど、お友達とひとつの傘で帰るなんて初めての経験だからちょっと楽しい。

「帰るまでは降るなー！って雨乞いしていたんだけど、効果なしだった！」

「こ、小夏ちゃん……雨乞いは雨を降らせる方だよ」

「ありゃ？　てるてる坊主を作る方が正解だったかも！　でもでも、雨に遭っていいこともあったよ！」

「いいこと？」

「こうしてアマミンと相合い傘出来た！」

ニパっと向けられた笑顔に、小夏ちゃんもこの状況を楽しんでくれているようで胸が温かくなる。

相合い傘なんて、私の人生にはなかった新鮮な響きだ。

だけど次に小夏ちゃんが発した問いには、また萎れてしまった。

「ただアマミンが、ハレくんと帰ってないのは珍しいねー！　ここ最近は、ふたりで下校していなかったっけ？」

「うん……今日は晴間くん、用事あるみたいで」

お仕事以外の用事。

本音を言えば気になったけど、晴間くんを困らせたくなくて詳しくは聞けなかった。

落ち込む私に気を回してか、小夏ちゃんは唐突に「よし！　寄り道して行こう、アマミン！」と提案してくれた。

「よ、寄り道？」

「女子高生の放課後の正しい過ごし方は、真っ直ぐ帰宅なんてせず寄り道だよん！　これ常識！」

「そうなの……!?」

内気で人付き合いが苦手な私にはお友達もほとんどいなかったから、初めて知った。そんな常識があったなんて。

今日は初めて尽くしだから、晴間くんにも今度聞いてみよう。

バシャッと水溜りを踏んでローファーが濡れても、小夏ちゃんはニコニコと無邪気に笑う。

「最近見つけた喫茶店が、マスターが変な人で面白いの！　そこ行こう！」

「き、喫茶店とか、あんまり入ったことないかも」

「好きな飲み物、なんでも一杯奢ってあげるよ！」

「そんな、悪いよ！　ちゃんと自分で払えるから」

「いいのいいの、モデルのお礼をちゃんとしたいし！　アマミンとハレくんのおかげで、写真部も助かったから。あれだね、『急須に一生淹れる』ってやつだね！」

たぶん、『九死に一生を得る』って言いたいのかな……？

急須に一生淹れたら、たぶんお茶とか溢れちゃうよ。

小夏ちゃんの日本語はたまにちょっぴり独特だ。

小夏ちゃんが部員一人で運営していた写真部は、ちょっと前まで廃部の危機にあった。

なにか実績を作れば存続ということで、人物写真のコンテストに臨むことになり、そのモデルを私が担当したのだ。

　私がモデルでいいのかなって心配だったけど……小夏ちゃんの腕がいいおかげで、つい先日、コンテストは優秀賞に選ばれたらしい。

　大賞には後一歩及ばずだったそうだけど、実績としてちゃんと認められた。

　廃部を回避出来て、本当によかった。

「むしろ私が、小夏ちゃんの受賞お祝いに奢りたいくらいなのに」

「それとこれとは別なのだ！　そっちはまた今度しよっ」

　晴間くんもメンバーに入れて小夏ちゃんの受賞パーティーを開く約束をしたところで、進行方向を変える。

　その面白いマスターさん？がいる喫茶店へと、ふたりで向かうことになった。

「えっとぉ、どこだったかな？　たぶん右？」

「そっちは明らかに人が通れる路地じゃないよ、小夏ちゃん……！」

　勘でどんどん進む小夏ちゃんに私はどうにかついて行きつつ、やがて静かな裏通りへと辿り着く。

　それらしいお店が見えてきた。

　真っ青な立て看板に、白抜きで『喫茶・BlueSpring』の文字。青い春……たぶんあそこだよね？

「あっ！　見つけたよ、アマミン！」

傘の下から腕を伸ばして、小夏ちゃんがはしゃぐ。茶色い木の扉はレトロな雰囲気で、外から大きな窓ガラス越しに店内の様子が窺えた。

小夏ちゃんと相合い傘をしたまま近付いて、私は「えっ」と息を呑む。

「晴間くんと、雲雀さん……？」

窓際の席にいたのは、見知った顔のふたりだった。

晴間くんを前にクリームソーダを飲む雲雀さんは、私に淡々とインタビューしていた時に比べてリラックスして表情が穏やかに見える。

晴間くんも親しげに話しかけていて……。

ふ、ふたりは仲がいいのかな？

どんな関係……？

「あれっ？　ヒバリンとハレくんじゃん。まさかの組み合わせ！」

自分でもビックリするくらい動揺する私の横で、小夏ちゃんはまじまじとガラス越しにふたりを眺める。

「わぁっ！　あんなヒバリンの顔、初めて見たかも！　いつも部長面だもんね！」

「仏頂面かな……？」

サラリーマンさんとかが使いそうだよね、部長面。

……などと、小夏ちゃんの言葉に脳内でコメントを入れるのは半ば現実逃避だ。

小夏ちゃんと雲雀さんは知り合いなのか聞くと、通っていた中学が同じ上におうちがけっこうご近所らしい。最近も廃部の件で、生徒会の雲雀さんとはいろいろやり取りもしていたんだって。

「というか、アマミン大丈夫？　傘めっちゃ震えているけど」

「ダ、ダイジョウブ、ダイジョウブ……」

「大丈夫じゃないね！　ちょっとこっち！」

傘の柄を持つ手が覚束（おぼつか）なくて、水滴がパラパラ零れ落ちている。

小夏ちゃんに引っ張られる形で、私たちは喫茶店から離れて閉まっているお店の軒下に入った。

傘をいったん畳んだところで、私は力が抜けてへにゃりとしゃがみ込む。

「どうしよう、小夏ちゃん……あのふたりって、お、おおおおお、お付き合いとかしているのかなぁ」

妹たちに「そんなんじゃ誰かにハレ兄を取られちゃうよ！」と、責め立てられたことを思い返す。

凛として綺麗な雲雀さんなら、hikari さんと並んでも見映えは抜群で、私は想像だけで打ちのめされてしまう。

これって、ヤキモチってやつなのだろうか。

向かい合うふたりが目に焼き付いて、胸がズキズキ痛い。

「ないないない！　それはないよ、あり得ない！」

しかし即座に、小夏ちゃんは私の疑惑を否定した。

「アマミンは世界一可愛いとか、いっつも全力主張しているハレくんが浮気とか絶対ないって！」

「う、浮気って……！　でもあの、私と晴間くんはただの友達だから……」

……そう、なんだよね。

ただのお友達の私には、晴間くんが他の女の子と親密そうにしていても口を出す権利なんてない。

雲雀さんとの関係は考えてもわからないけど、自分が部外者なことが辛かった。

そっと私は、雫形のピンに触れる。

今よりずっとずっと可愛くなって、晴門くんの隣に自信を持って立てるまで、この気持ちは彼に伝えないつもりでいた。

でも……。

「小夏ちゃん、私ね……最近ワガママなの」

「ん？　アマミンが？」

「誰にも晴間くんを取られたくないって思う。欲張りで、傲慢なの。こんなんじゃ、晴間くんに嫌われちゃうよね……」

膝に顔を埋めながら泣きそうな声で吐露すると、小夏ちゃんも私の横にしゃがんで、目線を合わせて来た。

頭の上で一房結んだ栗色の髪が、ピョコンッと跳ねる。

爽やかに香るのは、彼女のつけている制汗剤かな。

小夏ちゃんはなんでもないことのように「それって、世界で一番可愛いワガママだよ」と言う。

「可愛いワガママ……？」

「うん！　伝えてあげたら、ハレくんが白目剥いて喜ぶやつ！」

し、白目？

それはおいといて、私の醜いワガママを伝えても嫌われない？

それどころか、本当に晴間くんは喜んでくれるの……？

「アマミンが勇気出して告白するっていうなら、私はいくらでも背中を押すよ！　友達の恋は応援するって、前にも宣言したたし！」

「小夏ちゃん……」

「肝心のアマミンはどうしたいの？」

膝に肘を乗っけて頬杖を突きながら、小夏ちゃんが私の顔を覗き込んで来る。

こうして見ると、小夏ちゃんも雲雀さんに負けず劣らずとっても魅力的な美少女だ。

それでも私が憧れて、一番『可愛い』と思うのはhikariさんであることは揺らがないから、引き合いに出してしまって申し訳なくなる。

そんな私の纏まらない思考も、小夏ちゃんは全部見透かすような目をしていた。

見透かした上で、私の回答を待ってくれている。

本当に、私には勿体ないほど素敵なお友達。

「私、私は……」

目を閉じて一度、晴間くんの姿……普段の彼と、hikariさんとして活躍している彼、どっちも思い浮かべてみる。

どっちもやっぱり大好きだなあと強く感じて、ようやく決意を固めた。

「私は――晴間くんの恋人になりたい、です」

恥ずかし過ぎて、分不相応じゃないかと不安過ぎて、雨音にも負けるような声になってしまった。

全身が熱くて、血が沸騰しているように錯覚する。

対して小夏ちゃんといえば、私の答えに満面の笑みだ。なんだか私より満足そうにしている。

「やっぱり恋する乙女なアマミンは、最高に可愛いよ！　じゃあこの雷架ちゃんが、告白成功のためにとっておきの情報を教えてあげる」

「とっておきの情報……？」

よいしょっと立ち上がった小夏ちゃんが、私の腕を引いて同じく立ち上がらせる。軽くよろめく私の耳元で、小夏ちゃんが囁く。

「あのね――」

降り止まぬ雨の中、彼女の髪飾りの稲妻が眩く光った。

第五章　ダブルブッキングのようです

放課後の教室。

速やかに出ていく者もいれば、友人同士で会話に花を咲かせる者も多く、いつも通りガヤガヤと騒がしい。

かくいう俺も席で筆記用具などを片付けながら、御影とくだらないお喋りをしていた。

主に御影のカノジョの惚気（のろけ）を強制的に聞かされている。

先ほどカノジョから来たメッセージが、蟻の行列の写真付きだったと。それがなんか御影のツボに入って惚れ直したそうだ。

すごくどうでもいい。

俺の死んだ目が見えていないのか、コイツは。

「いやマジ、蟻ってさあ……俺のカノジョ最高かよってな」

「お前のツボが俺は小学校の頃からわからんよ……。給食で出たきなこの揚げパンで、手がベタベタになった俺を死ぬほど笑っていたよな……」

「あれ最高だったよな！」

「わからん……」

御影はまだまだ蟻の行列について語ろうとするので、俺は「もういい、もうわかったって！」と叫ぶ。

「この残念な一途イケメンめ！　なんか別の話しろ！」

「別？　あ、そうだ！」

そこで御影は肩に担いだスクールバッグから、折り畳んだ薄い新聞を取り出した。うちの校内新聞だ。

「今日の昼に生徒会から発行されたやつ。光輝は普段読まないから、見過ごしていると思ってさ。『今月の注目人物』に、雨宮さんのインタビュー記事が載っていたぞ」

「ついにか！」

気付けば六月が終わって、本日から七月だ。

雲雀がインタビューを終えてから約一週間が経過したが、すでに発行されていたとは。

一週間といえば、書類を揃えて応募したロリィタコンテストも、そろそろ一次審査の結果が出る頃か？

そちらは雲雀の報告待ちだな。落選でも通知は来るらしいが吉報を待たねば。

しかし今は雨宮さんの記事だ！

「御影、読ませてくれ！　むしろ新聞ごと買い取らせてくれ！」

「いやこれフリーペーパーだから。そう言うと思って、二部もらって来たからやるよ」

「俺たち……ずっと親友でいような」

「友情もフリーでお手軽な感じだな」

　軽口を叩いてから、御影から受け取った新聞を開く。

　けっこう大きく掲載されていて、硬い表情の雨宮さんのバストアップ写真と、日常的な質問の応答が纏められていた。

　うーん、緊張しやすい雨宮さんも安定に可愛いな。

　インタビュー時、雨宮さんは俺のことばかり喋っていたと雲雀は教えてくれたが、記事には俺の名前は出ていないみたいだ。

　雨宮さんが長女なこととか、好物がどら焼きなこととか載っている。そうそう、得意科目は歴史なんだよな。

　俺が知っていることばかりとはいえ、穴が空くほど読めそうだ。

「晴間くん……って、あれ？　も、もしかしてその校内新聞って……!?」

「あ、雨宮さん」

　離れた席から雨宮さんが話し掛けに来てくれたのだが、俺が読んでいるものを見て飛び上がった。

　御影が俺の代わりに「これ、雨宮さんの記事が載っているやつだよ」と答える。

雨宮さんはもじもじして恥ずかしそうだ。

「わ、私、おかしなこと話してないかな？　まだ完成したものを確認出来てなくて……晴間くんの持っている新聞、一緒に見てもいい？」

「ああ、どう……」

「し、失礼します！」

俺は新聞を雨宮さんに譲ろうとしたのだが、雨宮さんは座っている俺の後ろに回り込んで、屈んで覗いて来た。

つまり雨宮さんの顔が、俺の顔の真横にある。

しかも頬がくっつきそうな距離感で。

ナニコレ!?

「わ、わぁ、写真も大きいね！」

雨宮さんの反応もぎこちないので、このシチュエーションがおかしいことは自覚しているっぽい。

なんか雨宮さん、それこそ一週間前から、急に俺に対する大胆な行動が増えたというか、またもや積極性が増したというか……気のせいかもしれないけれども。

たとえ気のせいだとしても、心臓がもたん。

彼女の息遣いが聞こえる近さで、端的に言うと死ぬ。

夏仕様になった制服の半袖から伸びる二の腕も、白くて細くて眩しくて……視界に入って二回死ぬ。

「おっと！　俺って、もしかして邪魔者かな」

「そ、そんなことないよ！　お話し中だったのにごめんなさい、御影くん」

御影はいつぞやのようにまたニヤニヤしている。こんなに顔面崩壊していても、女子は持て囃（はや）すんだよな、コイツの場合。

雨宮さんは自分で接近したわりに、もう限界！とばかりにパッと離れた。

「な、なんか暑くなって来ちゃった！　もう夏だもんね」

「そ、そうだな」

赤い顔で目を逸らし合う俺たちに、御影は「青春だねぇ」とニヤついたまま呟く。お前は某喫茶店の変人マスターか。

「あっ！　それであの、私ちょっと晴間くんに頼みがあって……！」

「ん？　なんだ？」

雨宮さんの頼みならなんでも聞くぞ！

気を取り直して、俺は傾聴の構えを取る。

「再来週の日曜日……私と一緒に行って欲しいところがあるの。晴間くんのご都合はどうかな……？」

おそるおそる尋ねる雨宮さん。

俺は脳内でスケジュール帳を開く。hikariの仕事はなかったはずだし、他の予定も特には……うん。

「問題ないよ。一日空けとけばいいか？」

「うん！　ありがとう、じゃあそれでお願いします！」

「どこに行くんだ？」

「ま、まだ内緒……かな」

待ち合わせ時間とか集合場所は追々決めることになった。雨宮さんは「誘えたよ、小夏ちゃん……！」と独り言を零していたが、なぜここで雷架？

その雷架といえば、窓際で数人の友達と小テストの赤点がヤバいという話をしている。お前がヤバいのはいつもだろう。

そうして雨宮さんと出掛ける約束を交わしたところで、廊下がザワザワとうるさいことに気付いた。

「ん？　何事だ？」

「さあ……」

俺と御影は同時に、黒板横の廊下側のドアに視線をやる。雨宮さんはきょとんと目を丸くした（はい、可愛い）。

ザワつきはどんどん大きくなって、スパンッ！とドアが勢いよく開く。

「失礼致します――晴間先輩はいらっしゃいますか？」

なんとビックリ。

現れたのは雲雀だった。

「なんで一年の雲雀がここに……？」

しかもお人形のように整ったお顔は、ようやく最近少し表情が豊かになってきたところだが、今は悪鬼羅刹（あっきらせつ）みたいな形相になっている。

ストレートロングな黒髪も、メデューサのようにうねっているように見えた。

え、なになになに怖い。

俺、なんかしたかっ!?

「ど、どうして『猛毒の暗雲姫』がこんなところに……」

「しかもまた晴間かよ!?」

「なんだアイツの美少女を引き寄せる吸引力！　羨ましいブラックホールだな！」

「おい、近くで見たら暗雲姫めちゃめちゃ可愛いくね？」

「冷たい感じがたまらん……女王様と呼びたい」

四大美少女の、それも滅多に会えない後輩の雲雀の登場で、男子たちは一気にお祭り状態だ。

一部に俺への嫉妬と、ドMが混じっていたがまあいい。

女子は女子で別方向に盛り上がっている。

「雲雀さんって顔ちっちゃーい！」

「肌キレイかっ！　化粧水なに使ってんのか教えて欲しいわマジで」

「男子は騒ぎ過ぎ、すぐ美少女に食いつくとかないわ」

「ないない、女王様とかキモ過ぎ」

「身の程を知れってやつ？」

女子って容赦ない。雲雀の毒舌は案外普通だったのかもしれない。

余談だが念のためチェックしたところ、雲雀御用達の化粧水はココロさんがアドバイザーを務めるコスメブランドのものだった。

品質は最高級で、肌の潤いを保つには良い選択だ。

ロリィタ界の一番を競うコンテストで戦うには、お肌のケアも大切だからな！

「あれっ？　ヒバリンじゃーん！」

雷架は呑気に、雲雀にブンブンと手を振る。ここって知り合いなのか。

雲雀はそんな雷架を一瞥するのみだ。

「——見つけました」

教室中の注目を一身に集めながらも、当の雲雀は有象無象など歯牙にも掛けず、俺を瞬く間にロックオンした。

スタスタと、一直線にこちらへ向かって来る。

「お、おいおい光輝！　お前いったい暗雲姫になにしたんだよ！」

「なんもしてねぇよ！　心当たりがあるとすればナイトクリームは効果が微妙なブランドだったから、無理やり先日変えさせたくらいだ！」

「いや本当になにしてんだ、お前!?」

御影の鋭いツッコミが飛ぶ。

雲雀から迸るオーラは依然として恐ろしい。

なんだどうした、あのナイトクリームが気に入らなかったのか!?

俺の右隣では、雨宮さんが「は、晴間くん……」とオロオロ不安そうにしている。クソッ、謎にピンチな状況でも可愛い！

そうこうしているうちに、雲雀は俺の席まで来ていた。

「晴間先輩……」

「は、はい」

後輩相手にピンと姿勢を正し、勢いよく立ち上がる俺。

雲雀はよく見れば頬がうっすら上気して、唇もプルプル震えている。その片手にはなぜかキツくスマホが握られていた。

「私……私、やりました」

殺りました？　ついに誰かを？

そんな失礼極まりない日本語変換をしていたら、いきなり雲雀がノーモーションでガバッと抱き着いて来た。

抱き着いて来た!?

「うおぅっ!?」

小柄な体が隙間なく密着して、雨宮さんの柔軟剤の香りとは異なるシトラス系の香りがふわりと鼻孔を撫でる。

目を白黒させる雨宮さん。

俺も白黒だし、御影もクラスメイトの皆さんも白黒だ。あれだな、モノクロ映画みたいだな。

唯一、雷架だけは「あちゃあ」と声に出してオーバーリアクションをしているが……。

『美少女に
ハグされ固まる
いとをかし

こうき』

……思わず心の一句を詠んでしまった。

俺は相当混乱している。

だがそろそろ正気に戻らなければならない。

「た、頼む雲雀！　とりあえずいったん、いったん離れてくれ！」

「……え？　あっ！」

俺の懇願に雲雀も我に返ったのか、目を極限まで真ん丸にしている。そして物凄い素早さで俺から距離を取った。

尻尾をピンと立てた黒猫感ある。

「わ、私は、なんて不埒なことを……！」

などと、最初は慌てふためいていたが、そこは安定のツンドラ系美少女。

すぐに冷静さを取り戻してスン……と真顔になった。

「……上級生のクラスにお邪魔しておいて、みっともなくも取り乱してしまいました。お騒がせして申し訳ありません」

「い、いや、俺はいいけどさ。結局なんだったんだ？　お前になにがあったんだよ？」

「ここでは話し辛い……例の件ですので、出来れば場所を変えたいです」

雲雀が声を潜めて言う『例の件』といえば、ひとつしかない。ロリィタコンテストのことだろうが、なんかスパイみたいなやり取りだ。

しかしそういうことなら、クラスの皆がいまだ白黒映画状態なこの隙に、しれっと抜けた方がいいかも……。

そう思ったのだが、雨宮さんが「ま、待って！」と珍しく声を張り上げた。

「えっと、その……そ、それって、私もついていっちゃダメかな……？」

意外な申し出に、俺は少々驚く。

控え目で思慮深い雨宮さんが、こういう時に自己主張してくるとは。だが彼女は「このままじゃ、晴間くんが取られちゃう……」と消え入りそうな声で呟いていて、なんだか必死な様子だ。

その呟きを拾った雲雀が、ピクリと微かに反応する。

確かにさっきの雲雀は恐ろしかったが、さすがに俺の命までは取らないと思うから心配取られるって、まさか……命か？

しなくていいのだが……。

「違う。そういうことじゃないぞ、光輝」

「うおっ！　なんだよ、御影。いきなり復活して俺の思考を読むなよな」

「恋愛回路が死んでいるお前の思考なんて、親友の俺には丸わかりだ。罪な女装男子だよ、お前は」

「可愛さが罪だというならば、確かに俺は罪な女装男子だが……」

可愛くて、すまん。

真顔でそう謝れば、御影は深々と溜息をついた。

「はあ……もうお前の病気はいいとして、雨宮さんに聞かれても構わない話なら、出来れば連れて行ってやれよ。お前と雲雀さんの繋がりはサッパリだが、俺はなにも聞かないでやるから」

「と、言ってもな……」

そう耳打ちされても、これればかりは雲雀の許可がないと。俺個人としては、雨宮さんのお願いは叶えてやりたいところだけどな。

雲雀はしばし考える素振りを見せる。

「……雨宮先輩なら、いいですよ。晴間先輩が認める方ですし。きっと口も堅いだろうことは、インタビューを受けてもらった時点でわかっています」

「あ、ありがとう、雲雀さん！　無理言ってごめんね……」

「いえ……」

お礼と謝罪を口にする雨宮さんに対し、雲雀はちょっと複雑な表情だ。

しかし美少女が並ぶ様は、やはり絵になるな。目の保養だ。

雷架もいるし、校内の美少女のほとんどがこの教室に集結している状況も、よく考えたら凄い。

俺もいるしな。hikariになって加わりたいくらいだ。

「じゃあ、場所を移すぞ」

いっそあの喫茶店まで行ってもいいが、早く雲雀の結果を聞きたいし、旧校舎の方にでも移動するか。

クラスメイトたちもそろそろ、カラーの世界に帰って来る頃だろう……。

俺と雲雀、それから雨宮さんは、コソコソと教室を出た。ドアを閉めた途端に、教室内の喧騒が一気に戻り、「なんだったんだ、さっきの!? 暗雲姫が晴間に抱きつ……白昼夢か？」なんて声が聞こえてきた。

ここはコミュ力の高い御影（と、期待はしないが雷架）が、上手く場を治めてくれることを願う。

そうして俺と雲雀、それから雨宮さんは、旧校舎の空き教室へと移動した。ここは机も椅子もなにもない空間だ。

どことなく緊張した面持ちの雲雀と俺が向かい合い、俺のすぐ後ろでは雨宮さんがそわそわしている。

そわそわ雨宮さんも可愛い。

行動のひとつひとつがこう、俺のツボにストライクでな……御影のツボを馬鹿には出来ないな。

俺が内心で御影に謝っていると、雲雀がスマホの画面を見せて来る。

「もう先輩はお察しでしょうが、ロリィタコンテストの件です。一次審査、どうにか通過致しました」

「おおっ！」

画面には、コンテスト運営からの通知メールが表示されていた。

『雲雀鏡花（エントリーネーム・積乱雲）様
この度は当コンテストにご応募くださり、誠にありがとうございました。

書類選考に関しまして、厳選なる審査の結果、積乱雲様はナンバーワンロリィタガールへの道に一歩近付きました。

素晴らしい、おめでとうございます！

次の審査……最後のステージにて審査員一同お待ちしております。

心して掛かって来てください』

く、癖の強い文面だな。

どちらかというとデスゲームの運営みたいなノリだ。

エントリーネームは雲雀が適当に考えたやつで、俺も今知ったが雲関連か。

「おめでとう、雲雀！　やったな！」

なにはともあれ、喜ばしいことには変わりない。

俺が祝福すれば、雲雀は俯いてほんのり頬を染める。

「先輩のおかげ……でも、なくはないです」

「どっちだよ」

「お、おかげですと言いたかったんです！」

まったく素直じゃないな、この捻くれた後輩は。

そんな態度も慣れてきたもので、やれやれと肩を竦めていると、雨宮さんが頭上にハテナマークを浮かべていた。

「ろ、ろりぃた……？　ごめんなさい、私ったら無知でわからなくて……」

おぉう、雨宮さんはロリィタ自体をご存じないのか。

まあ、雨宮さんはなんでも着こなす可愛さを持ちながらも、ファッションには疎いもんな。数々のとんでもファッションを思い出し、俺は納得する。

どう説明したものかと悩んでいると、雲雀が意を決したようにスマホを持つ手に力を込めた。

スッと、雨宮さんのもとへ進み出る。

「ロリィタとは……こういう服です」

雲雀がスマホを操作して雨宮さんに見せたのは、一次審査用に撮ったロリィタ姿の己の写真だ。

　全体的に黒一色。

　バルーン袖のワンピースは、胸元に大中小と三つの黒リボン。スカート部分は黒地に黒い水玉模様が薄っすら施され、裾に差し色の白いレースがついており、シックな黒の中にも甘さがしっかり調和している。

　クルクルと巻いてボリュームを出した髪には、こちらも黒と白のレースを掛け合わせたボンネットを着用。

　ボンネットは歴史ある婦人用帽子で、額を晒して頭の天辺から後頭部を覆うように被り、顎の下で紐をきゅっと結ぶ。ドロワーズやパニエと並んで、ロリィタの神器のひとつだ。

　そんな雲雀は片手でスカートを広げて持ち、カメラの前でお澄まししている。目元だけ、黒猫の仮面で隠している形だ。

　うーん、何度見てもいいショットである。

　雲雀のお人形のような美少女っぷりが、仮面越しでも際立っている。

　背景は人気のない路地裏で、俺がスマホで撮った。

　本当はスタジオで雷架にでも撮ってもらえたらよかったんだが……アホの子にいろいろ説明するの、面倒だったしな。

　何枚も撮りまくってベストな一枚を選んだ。

ここに至るまで、俺と雲雀、それから仝アイテムを提供してくれたメロリン店長も交えて、あれこれ会議も行われた。

——以下、オープン準備中の『PINK!』店舗内にて。

俺たちの話し合いの様子である。


「俺的に雲雀には、初対面で着ていたピンクの甘ロリ路線もいいが、素材を活かすなら黒系で攻めた方がいいと思うんだよな」

「あら、じゃあゴスロリでいく？」

俺の提案に、レジカウンター越しにメロリン店長が参戦してくる。

彼女の案は大いにアリだったが、雲雀はあくまで可愛いらしさを重視した甘ロリで勝負したいと申し出た。

「ゴスロリも、前に話していたようにいずれは挑戦してみたいです。ですが今回は、私の一番好きなロリィタ服を着たくて……」

「そっか。その本人の『着たい』って気持ちが、一番大事だからな！」

「それなら黒ロリはどうかしら？　数は少ないけど、うちにも取り扱いはあるわよ」

俺は「いいですね、それ！」とすぐに乗った。

黒ロリとゴスロリは、どちらも黒がメイン。

そのため同一視されがちだが、ここは明確に違う……と、ロリィタ服専門雑誌に書いてあった。

甘ロリの持つ『可愛い』というテーマはそのままに、黒を使うのが黒ロリだ。ゴシック要素の方に振ればゴスロリになる。

ロリィタ界は調べれば調べるほど奥が深いのである。

「では、そちらでお願いしたい、です。おふたりとも、私のために、その……」

「おうっ！　完璧なコーディネートにしような、雲雀！」

「と、当然です！」

やっぱり素直じゃなくてツンツンする雲雀に、俺はグーサインを送った。

メロリン店長は「ウフフ、青春ねぇ」と笑っていたが、そのワードが巷ではどら焼きと同じくらいブームなんすかね？

そんなこんなで、俺の撮影技術はさておき、モデルとファッションがいいおかげでこの写真は一次審査を突破したわけだ。

雨宮さんの反応は如何に……。

「わあっ……！」

雨宮さんは写真を前に、ふわっと頬を紅潮させた。

「すごいすごい！　すごく可愛いね、雲雀さん！　どこかの国のお姫様みたいで……とっても素敵だね！」

純粋に雨宮さんは感動したようだ。

興奮して惜しみない称賛を送っている。

穢れなき可愛い反応に、俺の心も洗われるんだが……雨宮さんが天使過ぎて、やっぱり間違えて地上に生まれ落ちた可能性を推していきたい。

「そんなお姫様だなんて……」

雲雀も雨宮さんの無垢さに押されてか、「ふ、服のおかげでそう見えるだけですよ」と口をモゴモゴさせている。

「そんなことないよ！　雲雀さんが可愛いから、こんな可愛いお洋服が似合うんだよ！」

「うっ……！」

おいおい、普段の毒舌はどうした雲雀。

「晴間先輩が雨宮先輩のこと……過剰に『可愛い』と称する理由が今なんとなくわかりました。その、負けた気がして……悔しいですが……」

またもや複雑な顔で、雲雀はボソッとそんなことを口にしたが、なにを雨宮さんと張り合っているのか。

雨宮さんのキラキラ光線に怯むひる雲雀は、なかなかに貴重な光景だった。

雲雀はふう……と息を吐いて、どうにか気を取り直す。

「と、とにかく、その一次審査の報告と、次の最終審査について早くご相談したくて、晴間先輩をお呼びしたのです」

「そうだな、次の対策が必要だ。最終審査の詳細は出たのか？」

「こちらです」

詳細は一次審査通過者にだけ、別途メールで来たらしい。

それを雲雀がスマホで転送してくれたため、ふむふむと読み込む。

「なるほど、ステージパフォーマンスか」

今度は写真ではなく、実際にロリィタ姿をお披露目するようだ。

審査員長のバタフライ畠山さんを始めとした、ロリィタ界の名立たる人々の前でステージに立ち、あれこれと採点される。

なんと、視聴者投票もあるという。

パフォーマンスは無料動画配信サイトにて生放送されるらしく、その動画を視聴した人から投票を募るシステムだ。毎回一万人以上は視聴者がいるというのだから、なかなかの規模だろう。

審査員の評価に加えて視聴者の人気で順位が決まり、その日のうちに結果が発表される。

一日でロリィタ界の新しいトップガールが生まれるわけだ。

つまり……明暗を分けるのは、ステージでのパフォーマンス。

「ここのプランを、次のファッションに合わせて綿密に練る必要があるな」

「そうですね、私も先輩と同意見です」

「会場と開催日は？　なるべく本番まで日数があるといいんだが……あと、俺の予定も合うかどうかだな」

着替えの手伝いなど、一名に限り関係者の会場入りもＯＫとのことで、当日は俺も現場に行ってサポートするつもりだ。

ここまできたら、雲雀が天下を取るまで後押ししなきゃな。

俺以外に、雲雀がサポート役を頼める相手はいないだろうし。

候補としてはメロリン店長もいるが、お店のオープン間近でバタつく頃だ。

バイトの雲雀にも仕事はあるはずだが、そこはメロリン店長が「店は私に任せて、コンテスト優先に決まっているでしょっ！」と言い放った。

あと実は店長、コンテストの歴代優勝者らしく、会場まで行くのはなんとなく気が引けるとのこと。サラッと出された重要情報に、「優勝者なんすか!?」とびっくり仰天した俺である。

「先輩が会場にいてくれたら……心強く、なくもないです」

「またそれか！」

俺のツッコミに、雲雀はツンと唇を尖らせる。

雲雀語が難解なため、雨宮さんが困惑しているじゃないか。

「まあいいけどさ。会場と開催日は、っと……」

俺は自分で、メールの中から必要事項を探す。

「おっ、あったあった。会場は街の音楽ホールか、わりと大きいな。開催日は再来週の日曜日……日数はそんなにないな……ん？」

再来週の日曜日？

その日って確か……と、反射的に雨宮さんの方を振り向けば、彼女も「あっ！」と口をぽっかり開けている。

ちょっと間の抜けた表情も可愛い……じゃねぇ！

雨宮さんと約束した日じゃないか！

「あ、雨宮さん！」

「は、晴間くん……」

一斉に顔を合わせた俺と雨宮さんに、雲雀は怪訝そうに眉を顰（ひそ）める。

「なんですか？　もしやその日、おふたりの間で約束が？」

「あ、ああ、まあ」

「それでしたら当然ですが、私のことは気にせずそちらを優先してください。晴間先輩のサポートなどなくとも、少しばかり不便というだけで問題はありません。後出しは私の方でしょう」

　いやまあ、そうなんだが……どうしたものかと、返答に窮してしまう。

「ダ、ダメだよ！　大事なステージなんでしょっ？」

　そこで即座に、異を唱えたのは雨宮さんだ。

　小さく拳を握って、雲雀に切々と訴える。

「ステージの準備に晴間くんが必要なら、私の約束こそ気にしないで！　確かにその日は、小夏ちゃんに教えてもらった覚悟の決戦日ではあるけど……」

「覚悟？　決戦？」

「な、なんでもないの！」

　雨宮さんは途端になぜか真っ赤になる。

　これは追及しない方がいいやつか？

「そ、その日じゃなくたって、覚悟は変わらないし……どうとでもなるから。コンテストの決勝戦の方が貴重な機会だよ！　ねっ？」

「……いえ、大切な日であることは察せられます。後から予定を入れた私のために、雨宮先輩が遠慮しないでください」

「こ、この際、先とか後とか関係ないんじゃないかな？　雲雀さんの晴れ舞台が優先だと思う！」

「雨宮先輩たちの約束の方が優先です」

「晴間くんはコンテスト会場に行くべきだよ！」

「晴間先輩は先の約束を果たすべきです」

お、おう。

なんということか、美少女たちが俺の譲り合いをしている。

『奪い合い』ではなく『譲り合い』なところがポイントだ。いい子なんだよなあ、基本的にどちらも。

俺はものすごく微妙な立場だが……。

しかしながら、俺としても雨宮さんとの約束は守りたい。

彼女は「どうとでもなる」と言ったものの、わざわざその日を指定したのだから理由がちゃんとあるはずだ。

それに教室で話していた時は、雨宮さんの行きたい場所は内緒と言われたが、今聞けば近場（ちかば）の森林公園だった。

hikariの俺も撮影したことがあり、たまたま休日の雨宮さんと遭遇した思い出深い場所。

雷架が雨宮さんをモデルにした際、選んだロケ地でもあった。

コンテスト会場の音楽ホールからは、徒歩十五分ほど……さて。

「まずは、当日の時間帯を確認するか」

コンテスト開始は十三時、結果発表まで含めて夕方の十七時頃まで。間には一時間の休憩や、『イベントタイム』もある。

このイベントタイムとやらがなんなのかは、当日までシークレットらしいが、配信もあるし特別ゲストとか呼んであるのだろうか。

参加者とそのサポート担当は、準備のため開始より前、午前中から会場入りする必要があるそうだ。

「それなら雲雀の出番がいつかにもよるが、早ければ十五、十六時頃には、俺は抜けられそうだな……」

パンッと俺は雨宮さんに手を合わせて交渉する。

「一日空ける約束だったのに申し訳ないんだが、その後で落ち合う形でも大丈夫か？　雲雀の出番が何時かわかったらすぐに連絡入れるし、終わり次第に絶対絶対絶対！　全速力でそっちに行くから！」

「わ、私は大丈夫だけど……晴間くんが大変じゃないかな？　雲雀さんも、結果発表まで晴間くんがいなくてもいいの……？」

どこまでも気遣いを見せる雨宮さんは、本当にＴＨＥ・雨宮さんって感じだ。

雲雀は「逆に発表まで晴間先輩にいられたら、どんな結果であろうといたたまれません」と、わざと突き放すようなことを言う。

え、わざとだよな？

ガチか？

「雨宮先輩は、本当にそれでいいのですか？」

「いいよ！　私も雲雀さんのステージ、配信で応援しているね！」

雲雀の確認に、雨宮さんは快く答えてエールを送っている。

雨宮さんが見るなら、本番はますます完璧なロリィタガールに雲雀をプロデュースしなくてはいけない。

そして無事に雲雀の出番が終わったら、雨宮さんのもとに直行だ。

これでどうにかダブルブッキングは回避だな。

また雨宮さんは、どうやらロリィタ服に興味を持ったらしい。

「素人の私でも、写真には魅入っちゃったから……きっと雲雀さんなら、本番のお洋服も素敵に着こなすよね。ロリィタって初めて知ったけど、他の格好も見てみたいな」

「……雨宮先輩は、ロリィタに抵抗はないのですね」

「な、ないよ！　可愛いお洋服だもん！」

そう雨宮さんは、前のめりに力説する。

「『アメアメ』の姉妹ブランドにも、似た服があった気がするし……あれってロリィタ服のです」

「っ！　『アメアメ』をご存じなのですかっ？　私の写真の服は、その姉妹ブランドのものなのです」

「そうなのっ？　可愛いのも納得だね！」

「はい！　今度、そちらの新店舗がオープンするんです。雨宮先輩もぜひ一度、来店してみませんか？　先輩もロリィタを着て、魅力を味わって頂けたら……」

「ええっ!?　わ、私には似合わないよ」

「そんなことはないでしょう。私もロリィタ仲間が出来たら……嬉しい、です、し」

　俺がブッキング回避で胸を撫で下ろしている間に、美少女ふたりはなにやらファッションを通じて仲良くなり始めていた。

　ロリィタガールの集まりを見て憧れた雲雀からしたら、仲間が欲しいのは本音だよな。布教するヲタクみが出ている。

　雨宮さんのロリィタは俺も拝みたいので、押せ押せ雲雀！と応援する。

「じゃ、じゃあ今度、そのお店にお邪魔するね」

「是非。バイトしているので、お待ちしております」

「……雲雀さんって、インタビューしてくれた時は年下なのにしっかりしているなって印象だったけど、今は好きなものを追いかけて生き生きしているよね」

雨宮さんは「晴間くんが放っておけないのわかるなあ」と、急にどんより肩を落とした。

いきなりどうしたんだ……？

「そんなことは、別に……。雨宮先輩もインタビューを受けて頂いた時より、今の方が素の魅力が出ていらっしゃるかと」

今度は雲雀が「晴間先輩といるからでしょうね」と、納得半分、どことなく悔しさ半分で呟く。

仲良くなったと思ったら、いつの間にかちょっと気まずい空気に……女の子は難しい。

俺もhikariになれば理解出来るだろうか？

「えっとえっと、とにかく本番も頑張ってね！」

「はい。ここまでしてもらったのですから、結果は残します」

ふたりの空気が戻ったところで、俺も「よし！」と気合いを入れる。

雨宮さんがどうして、その日に森林公園で会う約束をしたのか……理由はまだわからないが、コンテストを含め大事な日になるだろうことは確実だ。

夕暮れの空き教室で、俺たちは三者三様に決意を固めたのであった。

第六章　トラブル発生ですか?

「さあ、コウちゃん！　次はこっちに着替えてみて！」

「美空姉さん……まだ続くの、これ」

多種多様な服が山ほど掛けられたハンガーラックの群れに、点在するマネキン。テープメジャーや定規を携えたスタッフさんたちが、俺の周りをパタパタと忙しなく走り回っている。

コンテストのラストステージと、雨宮さんとの約束……そのふたつがある決戦の日は、いよいよ明日。

本番前日で俺としても落ち着かないところだが、hikariの仕事は普通にある。

本日は午前から『アメアメ』本社にて、フィッティングモデルをさせられていた。

どんな役割か簡単に言うと、生きたマネキンだ。

サンプル段階の商品を試着して、その状態からデザイナーさんやパタンナーさんなどがあれこれ微調整をする。

　サイズとかシルエットもここでチェックだ。

　俺も着心地とか感想を求められる。

　そうして試行錯誤した末に、『アメアメ』の洋服たちは完成し、世の可愛いを求めるファンの皆様のもとへ送り出されていくのだ。

「あら、コウちゃんったら疲れたの？」

「そりゃあ、ずっと脱いで着て脱いで着てだし……」

「それがフィッティングモデルよ！　まだまだ着てもらうからね、なんといっても久しぶりにコウちゃんを好き放題出来るんだもの！」

　俺から一定の距離を空けて置かれたスツールの椅子に、ひとりだけ足を組んで座る美空姉さんはウキウキと上機嫌だ。

　セミロングの茶髪に、隙のない化粧をした華のある顔立ち。ブルーのシャツに細身のパンツと、オフィスカジュアルに身を包んでいるものの、シャツを押し上げる胸部の存在感は顕著である。

　彼女は大きな胸を弾ませながら、スタッフさんたちに「次は黄色のセットアップコーデでお願い」と指示を飛ばす。

　その姿は、カリスマ女社長にふさわしかった。

だが解せない。

「フィッティングモデルさん、他にもいたよな？」

「ダメダメ！　今日はコウちゃんを着せ替えるって決めたもの！」

俺の苦言に、手で大きくバツ印を作る姉さん。

俺じゃなくてもいいところ、わざわざhikariに変身させられた上で、まさしく着せ替え人形状態だ。

今は夏を飛び越えて秋物の製作をしており、上はミントグリーンのハイネック、下はオフホワイトのロング丈のフレアスカート、キルティング素材のジレを四色すべて、などなど……代わる代わるサンプル品を身に纏わされていた。

『ジレ』とは重ね着アイテムで、フランス語の『Gilet』に由来する。袖のない前開きのアウターで、これひとつ羽織るだけでコーデの質がグンと上がる優れものだ。

当然、どんな格好でもhikariは可愛い。

服を作る過程に携われるのも悪くない。

悪くない、のだが……。

「はい！　じゃあ、ここで一時間の休憩ね！」

「休憩っ？　終了じゃなくっ!?」

「言ったでしょう？　『まだまだ着てもらうわよ』って」

……バチンッとウィンクする姉さんは、なかなかに鬼畜だった。

俺が姉さんのお願いには弱いと、しっかり本人にもバレているため、彼女は「お願いよ、コウちゃん」と両手を合わせてダメ押しして来る。

頼み方があざとい。

断れないやつだ。

「わかったよ、もう」

「やったぁ！　コウちゃん大好き！」

「調子いいな……じゃあ休憩行ってくるけど、hikariのままで休憩室を借りるよ」

一応『男の娘』の生着替えシーンを守るため、用意されたパーティションの向こうで、無地の黒いTシャツを被ってデニムを穿く。

邪魔にならないよう、飴色の髪もサッとポニーテールに括った。

シンプルな髪型だがポニーテールの女の子っていいよな。

うなじが見える上に顔も引き締まって、印象を手っ取り早く変えられるし。アレンジも無限大だし。

雨宮さんの髪がまた伸びたら、ぜひ俺に結ばせて欲しいものだ。

「そうだわ！　コウちゃん、お腹は減ってない？」

「めっちゃ減ってる」

部屋から出ようとしたところで、姉さんからそう聞かれてタイミングよく腹がぐうううっと鳴った。

お昼はとっくに過ぎているが、着替えの合間に水しか飲んでない。

「食欲は男の子ね！　それなら、このカードを貸してあげるわ」

「なにこれ」

「ファミレスのゲスト向け優待カード。今度ここの制服を、新しくうちがデザインすることになってね」

姉さんはパンツのポケットから、全国チェーンのファミレスのロゴ入りカードを取り出した。誰もが知っているあの店だ。

この『アメアメ』本社の裏にも、確か店あったよな。

「先方の社長のご厚意で頂いたの。これがあればなんと、関連店でどれだけ食べても全品半額よ！」

「それは助かる」

俺は有難くカードを受け取った。

hikariのモデル代でそこそこ稼いでいるとはいえ、男子高校生の食費は高くつくので浮くに越したことはない。

空いている時間帯に裏の店へ行くくらいなら、軽く変装すれば別にhikariのままでもトラブルはないだろう。

hikariはどんな姿でも輝いてしまうが、マインドを光輝の方に切り替えれば不思議と目立たなくなるんだよな。

姉さんは「休憩終わったらちゃんと戻って来てね」と、ヒラヒラ手を振る。

「あ、先方の社長のオススメ新メニューは、夏に向けたクリームソーダと、どら焼きのせ和風パフェのセットですって！　それを頼んであげてね！」

なんだそのピンポイントなセット。

クリームソーダはいいとして、どら焼きがブームだからいろんな企業が取り入れているのか？

俺は釈然としないながらも、カラーレンズの入っただて眼鏡を掛けて、優待カードを手にファミレスへと向かった。


早々に着いた店に、俺はガラス扉を開けて入ろうとした。

「ん？」

しかしその前に、扉に貼られたチラシに目が留まる。

「へぇ、こんな宣伝しているんだな」

ピンクの甘ロリを着た、女の子のデフォルメイラストが描かれた光沢紙は、まさかのロリィタコンテストのチラシだった。

決勝の日程が書かれていて、公式サイトのURLも記載されている。

動画配信あるもんな。視聴者数は運営としても稼いでおきたいところなのか。

こんなところにチラシが貼られている理由は、協賛のアメアメと提携中だからかもしれない。

「雲雀は今頃どうしているかな」

思わず心配の声を漏らす。

コンテスト決勝に向けてのロリィタコーデは、吟味に吟味を重ねて決めた。

ステージパフォーマンスについては、過去のコンテストの情報も集めて、雲雀とあれこれプランは練り済み。雨宮さんにも練習に付き合ってもらい、仕上がっていると言っていいだろう。

ロリィタに興味を持った雨宮さんと、布教したい雲雀は順調に仲を深めている。

極たまーに、俺にはわからない謎の気まずい空気にはなるが……。

なにはともあれ、泣いても笑っても本番は明日。

前日の今日、雲雀はひとりで最終調整をすると言っていた。

「……っと、ここにずっといたら邪魔だな」

俺はようやくドアを開けた。

暇そうな女性店員さんが「いらっしゃいませーお好きな席にどうぞー」と気怠げに案内する。

お昼のピークをとうに過ぎたこの時間帯は、客は数えるほどしかいない。

目立たない奥の方にしようかと、キョロキョロしながら俺が席を探していると、鈴を転がすような天使の声がする。

「あれ？　晴間く……ひ、hikariさん？　あれっ？」

大鉢の観葉植物の陰に隠れた席に、ちょこんと座っていたのは雨宮さんだった。俺と目が合い、パチパチと瞬きをしている。

連れはおらず、ひとりのようだ。

俺はもはや職業病で、即座に雨宮さんのファッションチェックを開始する。

英字のロゴが入った白Tシャツに、オーバーサイズのピンクシャツをゆるっと合わせ、短いデニムスカートで全体を引き締めている。瑞々しいおみ足と太ももが眩しい。靴は白のスニーカーだ。

なんとビックリ。大変失礼ながら、雨宮さんがまともな格好をしている……しかも初めてのストリート系だ。恐らく古着だろうか。

メイクもミルキーオレンジのアイシャドウが、抜け感を上手く演出している。

なにが言いたいかというと、つまり可愛い。

新鮮で可愛い！

「は、晴間くんって呼んで大丈夫？　hikariさんはマズい？」

「どっちでもいいよ。店内ほぼ俺たちだけだし」

他に客は数えるほどどころか、パソコンを広げて「〆切が……〆切が……」と満身創痍になっている無精ひげを生やしたオジサンしかいなかった。

作家とかライターとかか？

お疲れ様です。

「えっと、じゃあ……晴間くんのその姿は、もしかしてお仕事中？」

こてんと首を傾げる雨宮さんに、俺は「そうなんだ」と頷く。

「今はhikariのままで休憩時間でさ」

「ラフな格好でも、hikariさんは可愛いね……！」

「まあな」

脳内で御影が「肯定するの秒かよ」とツッコんで来たが、俺の辞書に『謙遜』の文字はない。『自信』しかない。

「そういう雨宮さんは？　格好が今までにない系統で……いや可愛いけど、俺よりニュー雨宮さんの方が可愛いけど」

「うえっ⁉　へ、変じゃないなら、よかったです……」

プシューと、湯気を立てて赤くなる雨宮さん。

たまに敬語が出る癖が推せる。

「せっかくだし、席一緒にしてもいいか？」

「も、もちろんだよ！」

その正面に、俺は許可を取って座った。同席だな、よっしゃ！

「こ、この格好はね、小夏ちゃんが選んでくれたの」

「雷架が？」

「今日はふたりで服とか靴とか、お買い物していてね。小夏ちゃんがあんまり予算のない私のために、安くて掘り出し物のある古着屋さんに連れて行ってくれて……」

よく見たら、雨宮さんの隣にはショッパーバッグが二袋あった。

片方は雨宮さんが古着屋で着替える前、家から着てきた服が入れてあるようだが……チラッと見えた、袖が蟹の足みたいなデザインのシャツはなんなのか。

タラバガニ？　ズワイガニ？

ロングスカートらしきものも目に痛い蛍光ピンクで、蟹の形をしたネオンサインみたいなコーデになることが予想される。

鋼メンタルな雷架も、雨宮さんのこのぶっ飛んだセンスには度肝を抜かれたんじゃないしい。

だろうか。

その雷架といえば、試合中にメンバーが負傷したらしいバスケ部の助っ人に急遽呼ばれ、「雷架ちゃんに助けを求める声がする！　ごめんね、アマミン！」と言い残して消えたらしい。

戦隊モノのヒーローか、アイツは。

雨宮さんはそこからひとり、帰る前にこのファミレスに寄ったようだ。たぶん、どら焼きのせ和風パフェ目的かな。

それにしても……。

雨宮さんのプロデュースは俺がやりたいという、これは勝手な要望である。

「服を買うなら、俺にも一声掛けてくれたら参戦したんだけどな」

フィッティングモデルの仕事があったから、どちらにしろ今日は難しかったとはいえ、俺のお株を雷架に奪われるとは！

そう若干悔しい気持ちでいると、雨宮さんは「あー」とか「うー」とか慌て出した。

「そ、それはあの、明日の晴間くんとのお出掛け用の服、欲しかったから……晴間くんには頼れなかったの」

「えっ？　あ、ああ、そういうこと？」

つまり雨宮さんは、俺のためにお洒落しようとして……？

ヤバい、なんだこれ照れるぞ。

口元がむずむずしてしまう。

「ちょ、ちょっとだけお小遣いも上乗せして、『アメアメ』のショップにも寄って買ったから！　あ、明日はまた違う格好、なんです……」

「そ、それは楽しみだ！　マジで！」

「私も明日……ドキドキしているんだ。こうして今日、晴間くんに会えちゃったけど……」

真っ赤な顔の雨宮さんにつられて、俺も赤くなる。甘酸っぱい空気とはこういうことを言うのだろうか。

友達同士でこんな空気って……おかしくはないか。

傍から見たら、今の俺たちは『女友達同士』なわけだけれども！

「お待たせ致しましたー。ご注文は？」

お互い言葉に詰まって、次の話題にも移れずにいると、タイミングよく店員さんが来てくれた。

雨宮さんはすでに呼び出しベルを押していて、これから頼むところだったようだ。

案の定、雨宮さんはどら焼きのせ和風パフェ（と、セットのクリームソーダ）を注文して、俺も女声を作って同じセットを注文した。

お腹が空いているので温玉のせカレーライスも一緒に。

程なくして先にカレーが運ばれてきたが、こちらは至って普通。あまりのんびりは出来ないため、味わうより前に胃に詰め込む。

「はい、和風パフェですー」

「おぉう……」

次いでやって来たパフェの迫力に、俺はのけ反る。

まずパフェグラスがでかいし、添え物のはずのどら焼きもでかい。白玉やミニサイズの抹茶ケーキも乗っかっているのだが、どら焼きの主張が強過ぎる。

食べ進めようにも、第一関門を突破しなくては。

雨宮さんとそろって、どら焼きに齧り付く。

「んっ！　美味しいな」

「うん！　甘々堂の栗どら焼きとは、また皮の厚みが違うよね。使っているあんこの種類の違いも重要かも」

雨宮さんはどら焼き評論家みたいな感想を述べている。

目がガチだ。

パフェの合間に飲むクリームソーダは、些か舌が甘さに偏らないかと危惧したが、アイスは小さめでシュワシュワ感がけっこう味変になった。

ただクリームソーダを飲むと、また心配になるのは雲雀のことで……。

ブルブルッと、そこでジーンズに突っ込んでおいた俺のスマホが振動した。

「……雲雀から着信だ」

画面を見ると、噂をすればだ。

雲雀とは連絡先を交換したものの、メッセージのやり取りのみで、こうして電話が掛かって来るのは初めてだった。

ちなみにアイツの文面は簡素オブ簡素で、完全に業務連絡のみである。

「雲雀さんからなら……ここですぐ出た方がいいんじゃないかな？　明日はコンテストの最終ステージの日だし、なにか晴間くんに急ぎの相談かも」

「それもそうだよな」

俺は雨宮さんのお言葉に従い、コールが切れる前に通話ボタンを押した。

程なくして『……晴間先輩ですか？』と、スマホ越しに雲雀の声がする。今はhikariなわけだが、そんな訂正など出来ないほど雲雀は深刻な様子だ。

「俺だけど、どうしたんだ？　ステージパフォーマンスでなにか確認事項でもあったのか？」

『すべて私の不徳の致すところなのですが……明日のコンテスト、出られなくなりました』

「え……」

『辞退、します』

いきなりのことに、俺は口をポカンと開けてしまった。

雨宮さんが不安そうにこちらを見ているので、スピーカーに切り替える。

「きゅ、急にどうしたんだよっ!?」

『ロリィタ服に着替えようとしていたところを、母に目撃されてバレたんです。コンテストで浮足立っていたせいか、うっかり母が帰って来たことに気付かず、ステージ用の衣装合わせをしていまして……「みっともない格好はやめなさい、恥ずかしい」と切り捨てられました』

「はあっ!?」

大声で渾身の「はあっ!?」が出てしまった。

みっともない？　恥ずかしい？

なんてことを言うんだ！

雨宮さんも「そんな……あんなに素敵なのに」と、眉を顰めている。怒りのボルテージを上げる俺に対し、雲雀は感情を押し殺したように、あえて淡々と語る。

『前にも先輩に申し上げた通り、厳格な母にロリィタの世界を理解してもらうなんて無理な話だったんです。コンテストのこともバレたのですが、「そんなくだらないものに出ている暇があるなら、勉強しなさい」と……！』

「くだらない……っ!?」

『取り付く島もありませんでした』

雲雀はすっかり自信を喪失していた。

もとより世間では、確かにマイノリティ寄りの世界ではある。そういうファッションを頭ごなしに否定する人間は、どうしても一定数いる。

雲雀だって受け入れられないとわかっていたから、ひた隠しにしてきたわけだが……身内に真正面から否定されるのは、きっと想像より応えたに違いない。

それでも……。

「雲雀！　とにかくコンテストは……っ！」

『……ここまで晴間先輩と、それから雨宮先輩にもご尽力に頂いたにもかかわらず、申し訳ありません。バイトもやめるよう咎められたので、後日メロリン店長にも事情を話して謝罪致します』

早口で言い切って、雲雀は最後に『短い間でも好きなことを追えて楽しかったです』と締め括った。

俺が呼び止めても聞かず、プツンッと通話が終了する。

急いで掛け直しても留守録に繋がるだけだ。

「くそっ！　出ない！」

「晴間くん……雲雀さんは……」

「ああ、本気みたいだ。本気で辞退するつもりだ」

ぐしゃぐしゃと、俺はウイッグであることも忘れて頭を掻き毟りそうになる。

こんな展開は想定外だった。

あんなに頑張っていたのに、こんな結果で雲雀は納得出来るのか？　もっとちゃんと話し合いたい。

しかしラストステージは明日で、雲雀が電話にも出ずに殻に籠もってしまった今、説得しようにも手立てが……もう諦めるしかないのか？

「あ、諦めちゃダメだよ、晴間くん！」

ガタッと、まるで俺の心を読んだように、そこで立ち上がったのは雨宮さんだ。

テーブルの上のクリームソーダのグラスが振動で揺れる。アイスがポタリとテーブルに落ちた。

「あ、雨宮さん？」

俺以上に、雨宮さんは必死な顔をしている。

「私もね、他人に否定されて、自分に自信をなくしていた時期が長かったから……雲雀さんの気持ちがわかるの。い、今もあんまり自信はないけど……でも、誰かが肯定してあげなくちゃ」

　胸元で雨宮さんは、その小さな拳をぎゅっと握る。

「私を『可愛い』って言葉で、肯定してくれたのは晴間くんだよ。晴間くんとhikariさんのおかげで、私は顔を上げられたの」

「俺は思ったことを口にしたまでで……」

「それが大事なの！　きっと今の雲雀さんには、晴間くんが必要だよ」

　雨宮さんの力強い眼差しが、俺を確と見据えている。

　可愛いだけじゃなくて、雨宮さんはどこまでも優しくて……自信がいまいちなくたって、芯が真っ直ぐだ。

　その日に、雲雀と一緒に諦めかけていた心が鼓舞される。

　……そうだよな。

　ここで折れたら、元世界一の美少女の名が廃るというものだ。

「わかった！　なにがなんでも俺たちで、雲雀をステージに立たせてやろう！」

「うん！　雲雀さんがやりたいこと、ちゃんと出来るように！」

「そのためには、まず雲雀とコンタクトを取らないとだな」

「そ、それならね。私にちょっと考えがあって……」

　ストンと座り直した雨宮さんは、「雲雀さんのお家まで行くのがいいんじゃないかなって」と、意外とアグレッシブな提案をする。

「小夏ちゃんなら、たぶん知っているよ」

「そうなのか……？」

雷架と雲雀が同中（おなちゅう）で家がご近所、という情報を雨宮さんに教えてもらう。やっぱり接点あったんだな、あのふたり。

そういうことなら、確かに雷架に頼るのが早そうだ。

雷架がバスケ部の試合中でなければ、電話に出てくれるだろう……と、こちらは雨宮さんが掛けてみてくれる。

『やっほやっほ！　雷架ちゃんのお電話でーす！』

「あ、小夏ちゃん！　まだ試合中かな？　忙しいところごめんね」

存外、雷架はすぐに出てくれた。

俺も会話を聞かせてもらっているが、後ろでピッー！とホイッスルの音がする。

『大丈夫だよん！　初戦は私がスリーポイントシュート決めて勝ったところだから！　今は次の試合に向けて休憩中！』

「さ、さすがだね！」

『アマミンはどうしたの？　私と別れた後になんかあった？』

相変わらず、スポーツにおいては負けなしらしい。

雨宮さんは一応ロリィタ云々のことは伏せて、訳あって雲雀の家の住所が知りたいとだけ伝えた。

「……ごめんね、あんまり詳しくは説明出来ないんだけど」

『オッケー！　個人ジョーホーだけど、アマミンならきっと、ヒバリンのためだってわかるよ！　電話切ったらメッセージで住所送る！』

「ありがとう、小夏ちゃん」

『そこにハレくんもいるんでしょ？　ヒバリンのことも、雷架ちゃんは大事な後輩だと思っているから！　よろしくね！』

意外な組み合わせだが、あの雲雀を純粋に後輩扱いするのが雷架らしい。

通話を切った後、雷架からすぐに雨宮さん宛にメッセージが届いた。住所は正確ではなくざっくりしていたが、『近くに行ったら絶対にわかるバカでかい高級マンション！』だという。

「高級マンションって……けっこうお嬢様だったんだな、雲雀」

「インタビューを受けた時、雲雀さんのお話もちょっと聞いたよ。確かお父さんが病院を経営していて、お母さんはお役所勤めだったかな？」

お堅い職業ってやつだな、一般的に。

なお雲雀は容姿が完全に母似で、雲雀母は雲雀をそのまま大人にしたようらしい。キツめ美人って感じだろうか。

……母は確かに、手強そうだな。

雲雀宅まで移動するには、ここからだとバスが一番か。

「今すぐ乗れるバスはあるか？　検索してみるな」

「あっ！　でもhikariさん、確かまだお仕事中じゃ……」

「やべっ」

すっかり忘れていた。

雨宮さんも抜けていたようで、アワアワしている。

「も、問題ないぜ！　移動しながら姉さんと交渉する！」

「だ、大丈夫？」

「おう」

交渉次第ではまた別日にとんでもない要求をされそうだが、今は一刻も早く雲雀のもとへ向かうべきだろう。

しっかりゲスト向け優待カードで雨宮さんの分も半額にし、俺たちはファミレスを出た。

限界ライターだか小説家だかのオジサンが、俺たちを遠目に見て「青春だなぁ……これだ！」となにやら閃いていたが、もう気にしないことにする。

俺のプロデュースの総仕上げはここからだ。

待っていろよ、雲雀！

雷架の言う通り、雲雀の住んでいるマンションはすぐにわかった。

エントランスは分厚いガラスドアのオートロック式。雲まで突き抜けそうな建物で、ここら一帯で一番堂々と聳(そび)え立っている。

「は、はははは晴間くん！　こここここって、貴族の人が住むお家じゃ……っ」

貴族って。

庶民派の雨宮さんは、以前も『アメアメ』本社の立派さに圧倒されていたが、今も目をぐるぐるさせている。可愛い。

「まずは深呼吸して落ち着こう、雨宮さん」

「そ、そうだよね……スー、ハー、スー、ハー」

Ｔシャツの胸元を押さえて、忙しなく上下させる雨宮さんももちろん可愛い。

「さて、部屋は雷架に教えてもらった番号的に……最上階か。こういうところ、コンシェルジュとかいるんだっけ」

「ココココココンシェルジュ!?」

「落ち着こう、雨宮さん（二回目）」

美空姉さんの住むデザイナーズマンションにも常駐していたので俺は慣れているが、雨宮さんにとっては異国の言語だったたようだ。

その姉さんといえば、フィッティングモデルを中断して友人の緊急事態に駆け付けさせて欲しいと頼むと、「そういうことなら仕方ないわね……代わりに今度コウちゃんには、私のお願いをなんでもひとつ聞いてもらうわね！」と、世にも恐ろしい約束を取り付けられた。

俺、今度はなにさせられるんだ。

しかし未来の恐怖は未来に対処するとして、まずは目の前のことだと、ガラスドアに一歩近付く。

カツンッと、そこで背後から足音がした。

「雨宮先輩に、そちらのポニーテールの女性は……まさか晴間先輩ですか？　なぜこちらに……」

現れたのは、まさに会おうとしていた雲雀だった。

外出中だったのか、絶妙なタイミングだ。

出掛けていたのはコンビニのようで、提げているビニール袋からはペットボトルのメロンソーダと、カップのバニラアイスが透けて見える。

黒いニットワンピースという格好で、目元は薄っすらだが腫れていた。

……泣いていた、のかもしれない。

思い返せば、電話越しの声は震えていた。

少しでも気を紛らわせるため、好物のクリームソーダを家で作ろうとしたのかなと、俺は推測する。

「俺たちは雲雀を説得しに来たんだ。コンテストのラストステージ、やっぱり出るべきだって」

「っ！」

雲雀は息を呑むも、黒髪で顔を隠すように俯く。

「申し上げたはずです、辞退しますと。こちらの事情に付き合わせた上、急にこのようなこと、本当に不躾だと重々承知しております。おふたりにも、また改めて謝罪致しますので……」

「謝罪はいい。雲雀が予定通り、ステージに立てばな」

「ですから……！」

「親に反対されたから、か」

雲雀の家庭環境にまで赤の他人の俺が踏み込むのは、少し違うだろう。だけど説得するためにも、俺の考えを包み隠さず雲雀にぶつける。

「取り付く島もなかった……って電話で話していたが、雲雀はご両親に自分の気持ちを訴えたか？　酷い言葉を吐かれたまま、なにも言い返さなかったんじゃないか？」

「それは……ですが、言い返したところで……」

コンビニの袋を握る手に、爪が食い込むほど力が込められる。

やはり雲雀は、戦う前から認めてもらうことを諦めていたようだ。電話の話しぶりから、そんな気はしていたんだ。

下手に足掻いて、また……今度はより強く否定されたくなかったんだろう。自分の憧れた世界を。

口を閉ざしてしまった雲雀と、仁王立ちで相対する俺。

雨宮さんは固唾を呑んで見守っている。

「ふう……」

俺は美少女オーラを解放するため、カラーレンズの眼鏡を外して、しゅるりと髪を解いた。飴色の髪が初夏の風に翻る。

「は、晴間くん？」

俺の突然の奇行に、雨宮さんが後ろで戸惑っているが、カメラを前にした時のように完璧な角度で唇を上げる。

声はワントーン高く。

瞬きひとつで意識を hikari に切り替えて、雲雀を前に胸を張った。

「――私を見て。可愛いでしょ？」

「な、なんですか急に……」

こちらも戸惑いながら、それでも「……可愛い、ですけど」と呟く。

そう、俺は可愛い。

そして『可愛い』は最強だ。

「私は私の可愛さに自信がある。それは親だろうとアンチだろうと何処ぞのお偉い様方だろうと、誰が否定しても揺らがないの」

世界で一番から二番になっても、hikariが可愛いことは絶対だ。

俺は畳み掛けるように、「ロリィタを可愛いと憧れた、貴女の気持ちはどう？」と問い掛けた。

雲雀が本心ではステージに立ちたいことなど、俺も雨宮さんもわかっている。だけど今はこっぴどく否定されて、自分が憧れた可愛いまで信じられなくなっているから、こんなに弱気なんだ。

いつもの強気な雲雀はどこへ行った?

ロリィタ愛すら伝えず、諦めるのは早過ぎるというものだ。

虚を衝かれてしばし呆けていた雲雀は、「どんな説得の仕方ですか」と呆れ交じりに相好を崩した。

俺もhikariモードから、瞬時に光輝へと戻る。

雲雀はおずおずと吐露する。

「私は……リボンもレースも、ふわふわキラキラしたお洋服も、大好きです。否定された今も変わらず、心から」

「おう」

「ロリィタを恥ずかしいとか、みっともないなんて一切思いません」

「俺もだ」

「もう好きなこと、我慢したくありません……！」

ポロッと、雲雀の目から涙が零れる。

透明な雫は白い頬を滑り落ちた。

一度泣き止んですぐだから、まだ涙腺が緩んでいたのだろう。お人形さんのように整った美貌を歪め、嗚咽する雲雀に猛毒の暗黒姫の姿は見る影もない。

イメージや偏見をなくせば、ただ可愛い服を着たいだけの普通の女の子だ。

「す、すみませっ……こんなみっともなく、泣くなんて……っ」

「雲雀さん、よかったらこれ使って！」

即座に雨宮さんが駆け寄って、白いハンカチを差し出した。こういう気の回し方は、俺より彼女が上だよな。

雲雀は大人しく受け取って、目元を強く拭う。

「あっ、擦るのはやめとけ。仮面があるとはいえ痕はメイクで誤魔化せる範囲にしておかないと、本番は明日だぞ」

「……母にロリィタの素晴らしさを、伝えるところからですが」

「どうしても伝わらなかったら、電話一本で俺を呼べ。超絶可愛いロリィタに着替えて、一緒に戦ってやる！」

すでに臨戦態勢の俺に、雨宮さんも「わ、私も微力だけど加勢するよっ！」と猫パンチっぽいモーションをしてみせる。

すごく弱そうで可愛いです。

「おふたりとも……ありがとうございます」

初めて素直な礼を述べて、雲雀は淡く微笑んだ。

問題はなにも解決していないが、俺たちが首を突っ込めるのはここまでだ。宣言通り加勢はいつでもするとしても、この先は雲雀次第だからな。

……と、人心地ついたところで、俺は周囲が騒がしいことに気付く。

「ねぇ、あそこにいるのってhikariじゃない？」

「やっぱ？　俺もそんな気したんだ！　あんな可愛い子、滅多にいないし」

「hikariって、あのhikari？『アメアメ』のモデルの……」

「一緒にいる子たちも可愛いし、なんかの撮影とかかな」

「俺はミディアムヘアの子がタイプ！」

「俺はニットワンピの子！」

ここは往来に面したマンションの入り口だということを、俺は雲雀に向き合うのに必死で失念していた。

hikariオーラを放出した際に、うっかり通りすがりの人々を引き寄せていたらしい。すぐにオーラを引っ込めたというのに、人気者は辛いぜ……。

チラホラとこちらを窺う人も増え出して、経験上そろそろヤバいなと悟る。

hikariひとりでも注目度は抜群なのに、三人もの美少女が揃い踏みだからな。

「先輩方、いったんエントランス内に避難を……っ！」

「いや、俺たちは逃げる！　行くぞ、雨宮さん！」

「ひゃっ！」

雲雀の提案を断り、俺は雨宮さんの手を取って駆け出す。

俺がエントランス内に入って、下手にマンション側に迷惑を掛けるわけにもいかない。

雨宮さんは「晴間くんの手が、hikariさんの手が……っ！」とパニック状態のようだが、ごめん我慢してくれ！

「じゃあな、雲雀！　頑張れよ！」

いろんな意味を込めたエールを、どんどん遠くなる雲雀に送ってから、俺と雨宮さんは手を繋いだまま華麗に逃走した。

裏通りを抜けて、目指すはバス停だ。

足を動かしたまま、はふはふと息を荒らげて雨宮さんが言う。

「明日、雲雀さんがちゃんとステージに立てるといいねっ」

「だな」

小さく続いた「私も頑張らなきゃっ」という雨宮さんの呟きに、聞き返す余裕はなかった。前方で「このへんにhikariがいるってマジ?」「他にも超美少女と撮影中だって」と話す男性組を見つけ、別の横道に急カーブを掛ける。

まさかの街中で逃走劇だ。

遠回りしつつもバス停に向かって、俺たちは足を速めたのだった。

第七章　コンテスト決勝、当日

平らな屋根が特徴的な、街の巨大な音楽ホール。

その外にある関係者用入り口付近で、俺はスマホを片手にそわそわしていた。

――ついに訪れた、コンテスト当日。

雲雀とはトラブルが発生した昨日よりも前に、午前十一時にはここに集合する手筈を整えていた。予定より少々早い時間に、俺は地味目なメンズスタイルで雲雀を待っているというわけだ。

だが雲雀が来るかは、正直わからない。

なにせ、マンションで別れてから今の今まで連絡がないのだ。

親に反抗したはいいものの、拗れてスマホまで取り上げられたのではないか……などと心配になる。

「雲雀……来るかな」

『雲雀さんはまだ来ない……？』

俺のスマホの方に届いたメッセージの発信者は、雲雀ではなく雨宮さんだ。

雨宮さんとの約束は夕方からで、彼女はまだ家にいるわけだが、俺たちを心配してメッセージをくれた。

天使な彼女に、素早く返信する。

『まだだな。連絡もない』

『集合時間はあとどのくらいなの？』

『俺が三十分前に着いたから、あと五分くらいかな。やっぱり雲雀のマンションまで迎えに行くべきだったかも』

『じ、時間過ぎるまで待ってみて、ダメならお迎えもアリだと思うよ！』

『そうしてみるよ』

関係者用入り口にはどんどん人が集まり、最終ステージ参加者らしき子たちも中へと入っていく。

焦りを募らせていたら、「晴間先輩！」とこちらに駆け寄ってくる人影が見えた。

艶やかな黒髪が翻る。

「申し訳ありません、お待たせ致しました。スマホが壊れて、ご連絡も出来ず……」

俺の前までやってきたのは、ラフな格好でボストンバッグを担いだ雲雀だった。バッグ以外にも、もうひとつケースを背負っている。

「よかった、来られたんだな。親は説得出来たのか？」

「半々くらいです」

半々とは？

詳しく聞けば、いつも従順だった雲雀が初めて反抗したことで、特に母親は大激怒。母娘は物も引っくり返す大喧嘩に発展し、スマホはその拍子に床に落ちて死んだらしい。取り上げられるよりどうにもならない事態だ。

俺の想像より激しかったが……雲雀は臆さず、自分の気持ちを伝えられたようだ。

「頭の固い老いた審美眼では、ロリィタの可愛さはわからないでしょう。ですがわからないからといってこれ以上、御自分の価値観を娘に押し付けないでください……と言ってやりました」

「そ、それはそれは……」

親相手に、パンチ力の高い毒舌だ。

それでこそ、猛毒の暗雲姫。

「母には危うく手を上げられそうになりましたが、父が止めて味方についてくれたんです」

雲雀の父親は真剣に娘の話を聞いてくれた。

気の強い妻に押されがちな夫らしいが、「鏡花にはこれまでたくさん我慢させて来たんだから……」と、娘の主張を後押ししてくれたという。

　それが、雲雀母に多少なりとも効いたらしい。

「ひとまず、今日のコンテスト決勝には参加する許可をもらえました。今後のことは、その様子を見て判断すると」

「ということは……雲雀の母親も、配信を見るわけか」

「はい。ですから、失敗は出来ません」

　凄みを帯びた声音。気負い過ぎているせいか、どうにも表情が強張っている。母親に見られるプレッシャーは相当なものなのだろう。

　だがこのままステージに立てば、きっと全力のパフォーマンスはし切れない。

　俺の hikari としての経験が警鐘を鳴らしている。

　ポンと、俺は雲雀の肩を叩いた。

「別に失敗はいいんじゃないか？　これは『可愛い』を競うコンテストだ。失敗しても、可愛ければ優勝なんだよ」

「……出ましたね、先輩の謎理論」

「hikari 式の可愛い理論だ。テストに出るぞ」

　ふふんとドヤれば、溜息をつきつつも雲雀はやっと肩の力を抜いた。

　まずはこのステージに立って、好きな格好を思う存分出来ることを、雲雀には楽しんで欲しい。

「……サポートはよろしくお願いしますね、先輩」

「任せろ！」

重そうな雲雀のボストンバッグを持ってやり、雨宮さんにも無事に雲雀が到着した旨を連絡する。

それから俺たちは会場内へと足を踏み入れた。


「……わたくしの話は以上でございます。この伝統と格式あるコンテストを盛り上げてくださるよう、大いに期待しておりますわ！」

髪も服もついでに喋り方もゴージャスな審査員長・バタフライ畠山さんの開会宣言と共に、幕を開けた決勝戦。

代わる代わるステージに立つのは、参加者という名の雲雀のライバルたちだ。控え室の天井モニターで、彼女たちのパフォーマンスを見ながら俺は実況する。

「見てみろ、十三番の子はなかなかの逸材じゃないか？　和ロリで日本舞踊を披露するとは！　着物風のトップスに袴風のスカートで、大正ロマンな感じが個性を際立てている！これは強いな！」

「視聴者受けは良さそうですね」

「でも、うちの雲雀も負けていないぞ！　次は十四番……くっ！　こちらもやるな。クラロリのエレガント路線か。足首丈のスカートに、カメオブローチ付きのブラウス……歌の披露で来たが普通に上手いし、上品なクラロリの雰囲気にも合っているな！」

「こちらは審査員受けが良さそうです」

「さすがは一次審査をクリアした猛者たちだ。だがお前も負けてない！　負けてないぞ、雲雀！」

「晴間先輩」

「なんだ？」

「うるさいです」

狭い室内で騒ぐ俺を、雲雀が冷たく一刀両断する。俺は「すみませんでした……」と後輩相手に小さくなった。

敵情視察のつもりが、実況に熱が入り過ぎたようだ。

これからステージに立つはずの本人は落ち着いていて、すでに着替えも終えてドレッサーの前に座り、精神統一して自分の番に備えている。

関係者入り口のところで見せた、気負い過ぎている様子は微塵もない。なにやら吹っ切れたようにも感じる。

雲雀の出番は、後ろから三番目という絶妙な位置。

ロリィタ服は一次審査の黒ロリから一転し、ギャップ狙いで白ロリで攻めてみた。目元を隠す仮面も、黒猫から白猫へ。純白の姫袖ブラウスがポイントで、白薔薇モチーフのヘッドドレスが可憐な印象だ。

差し色に緑のチョーカーもつけていて、『森の妖精』がテーマである。

毒舌さえ飛ばさなければ、今の雲雀は妖精と称しても差し支えないだろう。hikari と同じ種族だな。

そして、その恰好でどんなパフォーマンスをするかといえば……。

「二十番の出場者さん！　そろそろ舞台裏に来てくださーい！」

「はい……行きますよ、先輩」

楽屋に訪れたスタッフさんに呼ばれ、雲雀はヴァイオリンケースを持って立ち上がる。

そう、彼女はステージでヴァイオリンを演奏するのである。

幼少期から習っていて、賞なども取っている腕前らしい。あのヴァイオリンも借り物ではない、長らく愛用してきた私物だそうだ。

「思えばヴァイオリンは、母の趣味に付き合わされて始めたことです。他の習い事を選ぶ余地はなく、やりたいかどうか当人の意見も聞かれませんでした」

「そうだったのか……」

「楽器を習うことは嫌いではなかったので、こうして今は役に立っているわけですが」

楽屋を出たところで、雲雀は一度立ち止まってケースをひと撫でする。

「……私は母の趣味に付き合ってきたのだから、今度は母が私の趣味に付き合うべきですよね？」

などと悪びれもせずのたまう雲雀は、本当に吹っ切れたらしい。俺は「だな」と笑い返し、並んで廊下を歩いた。

着いた薄暗い舞台袖で、息を殺して待機する。

持ち時間はひとり十五分ほどで、前の子が一礼してパフォーマンスを始めた。

「おっ、あの格好でそうくるか」

中華風のロリィタで拳法の型か……みんな、あの手この手できているな。

あえて動きやすい着こなしにしているようで、審査員の方々も好意的な目で見ているし、こういうのは動きがあって視聴者も楽しめる。強敵だ。

あと、この子は普通に顔を出しているな。これも各々で、雲雀のように仮面や、なぜか馬の被りもので隠している子もいた。

五人の審査員はステージ手前から二列目に座っていて、全員多種多様なロリィタスタイルである。

ロリィタ界の重鎮だけあって、軒並み堂に入った佇まいだ。

バタフライ畠山さんをボスに、並ぶと四天王感ある。

俺が舞台袖から審査員ズを観察している間に、拳法の型が最終局面に差し掛かる。次はとうとう雲雀の番だ。

「もうすぐ、ですね」

「ああ」

「……さすがに緊張してきました」

ヴァイオリンを抱えて、雲雀は唇を噛み締める。これから注目を浴びに行くのだから、怖気づくのも仕方ない。

俺は雲雀の両肩を、服が皺にならないようやんわり掴んだ。

真正面から向かい合う。

「いいか？　雲雀。俺から最後のアドバイスだ。これから始まる時間では、自分が『世界で一番可愛い』と思え」

「世界で一番……？」

「『可愛い』は無敵になれる魔法だ。何回でも唱えろ。唱えて胸を張れ。そうすれば実力は百パーセント引き出せるし、必ず上手くいく！」

可愛さとは外見を磨くこととはまた別に、内面の自信が大きく影響する。変身した雨宮さんがいい例で、こういうステージで魅せるなら尚更だ。

自分自身に魔法を掛ける。

女の子も女装男子も、これで可愛さは無限にアップする！

強く思い込むだけでいいから、自分の思う『可愛い』を信じ抜け。

「可愛いは……魔法……」

雲雀は俺の言葉を口内で転がしたあと、「そういう先輩だから、私は……」と何事か意味深に呟いたが、一度言葉を切って上目遣いでじっと視線を合わせてきた。

「じゃあ、先輩が……」

「ん？」

「先輩が……今だけ私に、魔法を掛けてくれませんか」

「俺が？」

雲雀の意外な頼みに、俺は間の抜けた顔をする。

「先輩の『可愛い』の一番が雨宮先輩で、恥ずかしげもなく己が次点なことは存じ上げておりますが……」

「おい、恥ずかしげもなくとはなんだ」

俺がナルシストみたいだろ。

単純な事実として雨宮さんが一番で、hikariが次点に可愛いだけだ！

「冗談です。その自信はけっこう尊敬しております」

「お、おう」

「ただ……今だけ、今この時だけは、私に『一番可愛い』と言ってください。一度切りでいいんです。そうすれば……それだけで、私は心の支えに出来ますから」

ステージから零れる薄明かりを背景に、柔らかくも切なげに微笑んだ雲雀が、光の粒子を纏ってとびきり綺麗に見え、俺は意表を突かれた。

初対面の時は、絶対零度の無表情だったのに……こんな表情もするようになったんだな。

パチパチと、遠くで拍手が起こる。

いつの間にかパフォーマンスが終わって、中華ロリの子が審査員たちからの質問に答えていた。

掴んだ雲雀の肩が小刻みに震える。

いよいよだ。

ここは希望通りに……。

今だけは俺も、雲雀専属の魔法使いになってやろうじゃないか！

「安心しろ、雲雀。お前は今、世界で一番可愛い」

「……はい」

「あと、笑った方がいいな、雲雀は笑えばもっと可愛いぞ。自信を持って行ってこい！」

「行ってきます」

司会者が「お次は初出場の積乱雲さん、どうぞ！」と、雲雀のエントリーネームを高らかに叫ぶ。

白薔薇のヘッドドレスに彩られた黒髪を靡かせて、雲雀はステージに上がった。

白ロリの雲雀が登場した時点で審査員は前のめりであったが、動じず雲雀の佇まいは洗練されたもの。かつ本番直前で習得したらしい、儚い美しさが衣装を引き立て、これはカメラの向こうの視聴者も見入るに違いない。

スッと、雲雀がヴィオリンを構える。

弾く曲は『妖精の踊り』だったか。

俺は音楽はさっぱりだが、雲雀の技巧が素晴らしいことくらいはわかる。

俺の魔法に効果があったのか、単に雲雀の実力か……ステージパフォーマンスは百点満点中、百二十点の出来栄えと言っていいだろう。

特にバタフライ畠山さんは聴き惚れていて、審査員コメントでは「総合して世界観が表現されておりますわ！　エクセレントですわ！」と絶賛だ。畠山さんのキャラにもだいぶ馴染んで来たぞ。

「上々だな……よし！」

後は審査員からの質問に、そつなく答えるのみだ。

だがここで雲雀は、俺にもサプライズを仕掛けて来た。

「質疑応答の前に、こちらを外させて頂きます」

――そう言って、雲雀はヴァイオリンをスタッフに預けた後、ステージ上で仮面を取ったのだ。

「えっ!?　い、いいのかっ？」

舞台裏で俺は大いに狼狽える。

配信用のカメラの前で、雲雀のお人形さんのような美貌が晒されてしまった。

一応目元に軽い化粧はしてあるとはいえ、ほぼ素顔だ。親はもちろん、配信なら学校の奴等が見ている可能性もあるわけで……それでも仮面を片手に、雲雀は臆さず顔を上げている。

凛とした横顔からは、揺らがない覚悟を感じた。

「まぁっ！　素顔もとてもエクセレントなのね！　最後に、貴女のこのコンテストに掛ける想いを聞かせて頂戴」

バタフライ畠山さんの問いに、雲雀は粛々と口を開く。

「……これまで私は、自分自身を上手く解放出来ず、環境や人の目に縛られて生きてきました。好きなものや可愛いと思うものも、ろくに表に出せませんでした」

でも……と束の間、雲雀は瞼（まぶた）を伏せた。

ゆっくりと再び瞼を持ち上げて、ステージから全体を見回す。特徴的な灰色の瞳が、ライトを浴びて透明な輝きを宿している。

「このコンテストに出ると決めてから、ふたりの先輩にたくさん背中を押してもらいました。特に『可愛い』を私に教えてくれた先輩は……私にとって、心より慕う恩人です」

「雲雀……」

それって、俺のことでいいんだよな？

きっと聞いている人の大半は、ロリィタ仲間の女性の先輩などを想像しているだろうが……それにしても、恩人とは。普通に照れる。

本人の前ではデレなくて大勢の前で顔を晒してデレるという、その大胆不敵さが、開き直った雲雀らしい気もした。

「その先輩方に報いるためにも、コンテストでよい結果を残したいです」

最後に小さく笑って、そう雲雀は締め括った。

溢れんばかりの拍手を背に、雲雀はこちらとは逆の下手側に引っ込んで行く。

気付けばこちらにも、すでに次の出演者さんが待機していて、俺は邪魔にならないよう舞台裏を出た。

すぐに雲雀を労ってやりたいところだが、彼女はこれから楽屋で着替えだ。

雨宮さんとの待ち合わせ時間にはまだ余裕がある。

着替え終わりくらいに雲雀へ一声掛けてから、会場を出て雨宮さんのところへ行けたら、ちょうどいいくらいかな。

ひとまず俺も楽屋のあたりへ向かう。

その移動中にチラチラとスマホを覗き、ＳＮＳでの反応をチェック。

【ロリィタちゃんたち鑑賞中。二十番の子、超美人！】

【演奏もファッションもよかった】

【視聴者投票、私は積乱雲って子にしようかな】

【投票悩む～！】


……などなど。

宣伝に力を入れていたこともあって、ネットでもコンテスト自体がわりと話題になっており、雲雀の得票数も期待出来そうだ。

ポンッと、雨宮さんからもメッセージが届いた。

『雲雀さんのパフェーマンス、家族で配信見たよ！

すごく素敵だっ種！

澪も霞もロリィタに興味を餅ったみたいで、霰は本物の妖精しゃんだってパシャいでいたよ！

零くんは「姉さんにも着てほしい」とか逝っていたけど……やっぱり雲雀さんだから、

ロリィタがとっても好きなんだなって伝わって来たというか……！』

などなど、大興奮した感想が綴られている。

興奮のせいかところどころ誤字があるけど、誤字はもはや雨宮さんのお家芸だ。意味は伝わるし可愛いからＯＫです。

『あっ、それから私、もう家を出たんだけど……』

「俺もそろそろ行くよ、っと」

廊下で立ち止まって、雨宮さんへの返信をポチポチと打つ。

コンテストのスケジュールはこの後、休憩を挟んでサプライズイベント、それからネット投票の集計や審査員の審議、そして結果発表だ。

サプライズイベントがなんなのかは、マジのサプライズでいまだ謎だけどな。

「俺の方に誤字はないな……ん？」

打った返信を送る寸前で、曲がり角の先から「ええっ!?」と、女性の甲高い声が聞こえてきた。

その声に聞き覚えがありまくりだったため、俺はピタリと動きを止める。

「もうすぐイベントの開始時間なのにっ!?　このタイミングで本人が来ていないって、どうするのよ……！」

切羽詰まった雰囲気が嫌でもわかり、俺はそろりそろり……と、壁に身を潜めつつ様子を窺う。

そこにいたのは、通話中の小学生……ではなく、ヘアメイクアーティストのココロさんだった。

一四五センチのミニマム体型に、会う度に年齢不詳感が増す凄まじい童顔。

金髪をポップなドクロの髪留めで結んだサイドテールに、目立つド派手なパンクファッションは、ロリィタちゃんばかりのここでは異質に感じる。存在が異質なのは俺も同じなんだけどさ。

そんなココロさんが、なぜここにいるのか。

コンテストにはアメアメも協賛しているらしいし、その関係か……？

「こうなったら代役を立てるしか……でも虹色(にじいろ)ハナコの代わりに、場を盛り上げるモデルなんてそうすぐ……」

ココロさんが出した名は、俺も同業者なので知っている。

モデルの虹色ハナコ。

人気急上昇中の『あざカワ』モデルだ。

『あざとカワイイ』の謳い文句に恥じず、ちょっぴり小悪魔路線を売りにしていて、中高生あたりに『ハナちゃんファッション』とやらが流行っているらしい。

ただワガママが激しいとかで、とんだ困ったちゃんなことでも業界では有名なんだよなるとか。

……。俺も現場が同じだったことが数回あるけど、事務所やマネージャーも手を焼いているとか。

その虹色ハナコがやらかしたのかと、つい前のめりになる。

するとスマホを耳に当てているココロさんと、バチッと目が合ってしまった。

「あーっ！　君、光輝くん!?　光輝くんだよね!?」

「こ、光輝くんですけど」

「ナイスタイミングだよ！」

通話をいったん切り上げたのか。嬉々として駆け寄ってきたココロさんに、俺は嫌な予感が止まらない。

「どうしてこんなところにいるの？　本当に奇跡過ぎ！」

「いや、俺は学校の後輩がこのコンテストに出ていて……そういうココロさんは？」

「私は審査員長のバタフライ畠山さんとは旧知の仲なの！　昔から仕事の斡旋(あっせん)とかもしてもらっていてさ。畠山さん自身も私の顧客で、今日のあのゴージャスなメイクと髪型、やったのはこのココロお姉さんだから」

意外と言えば意外だが、納得出来る理由でもあった。ココロさんはベテランな分、顔が広いからな。

そして旧知の間柄故、ココロさんはこの後のイベントタイムの責任者も任されているという。

「イベントタイムでは人気モデルを使って、『Candy in the Candy・PINK!』の新作ロリイタファッションをお披露目する予定だったんだけどさ。この企画、光輝くんのお姉さんである社長も一枚噛んでいるから。ほら、ブランドのＰＲも兼ねてね？」

「なるほど、新店舗の宣伝にもなりますもんね」

「そうそう！　だけどそのモデルの虹色ハナコが、着る服が気に入らないとかで駄々こねていて……この会場にすら着いていないのよ！」

ココロさんは地団駄を踏んで「あのワガママ娘！　事務所のゴリ押しで起用したけど、やっぱり人選ミスだったわ！」と悪態をつく。

本来なら、hikariを含むアメアメの専属モデルから選びたかったところ、どこからか話を聞きつけた虹色の事務所が、コンテスト運営側に「ぜひうちのモデルを！」と売り込んで来たらしい。

仕方なく起用したら、この有り様というわけか。

ココロさんは相当お怒りだ。

人気にあぐらかいているな、虹色ハナコめ。

大変察しのいい俺は、ココロさんが次に言わんとしていることがわかった。

「それで俺に、今から虹色ハナコの代役をしろと……」

「社長も絶対許可くれるし、ギャラはもちろん払うよ！　hikariなら服のサイズも問題なし！　なにより確実に盛り上がる！　君に決めた、もう君しかない！」

「……えっと、お断りします」

「なぜにっ!?」

なぜって、雨宮さんを待たせているからに他ならない。

ガーンと頭上にショックの効果音が出ているココロさんには悪いが、俺に虹色ハナコの代役などしている時間はないのだ！

「どうしても無理ぃ？」

「無理ッス」

「冷たい！　交渉の余地もなしとか！　なになに、すっごく大事な予定がこの後あるとか？」

「まさにその通りです。実は雨宮さんと待ち合わせがあって……」

「雫ちゃんとっ!?　それを先に言ってよ、もうっ！　デートならこっちが諦めなきゃダメじゃん！」

ガックリと、小さな肩を落とすココロさん。

別にデートではないんですけどね……ないよな？

デートという言葉に、やたら胸の真ん中がむず痒くなった時だった。

『あ、あの……』

控え目な可愛い声が、俺のスマホから流れる。

間違えるはずのない、雨宮さんの癒しボイスに俺は飛び上がった。

「な、なんで通話状態に……!?」

俺は慌ててスマホを確かめるが、メッセージアプリについている通話機能のボタンがオンになっていた。雨宮さんとのやり取りの最中だったため、メッセージの送信ボタンと間違って押していたらしい。

雨宮さんにココロさんとの会話が筒抜けだったということだ。

『ご、ごめんね、勝手に話を聞いちゃって……！　話し掛けるタイミングも、切りどころも逃して……』

「これは完全に俺のミスだから……！　こっちこそごめん！」

『それで、あの……晴間くんがよければ、代役を引き受けてあげて欲しいな』

「え……っ！」

ボソボソと話す雨宮さんの声を、もっとちゃんと聞きたくて音量を上げる。

ココロさんが「私にも雫ちゃんの声を聞かせて！」と俺の腕をバシバシ叩くので、仕方なく雲雀と通話した時のようにスピーカーにもした。

『差し出がましい意見なんだけど、私も晴間くん……hikariさんしか、この緊急事態で大事なイベントを成功させられないと思う』

「だ、だけど、ただでさえ雨宮さんとの約束を後ろ倒しにしているのに……」

ココロさんと遭遇する前に、彼女はもう家を出たとも言っていた。外で待たせることになると思うと、ますます申し訳ない。

しかし、雨宮さんはどこまでも天使だった。

『晴間くんが私との約束を気にかけてくれて、凄く嬉しいの！　でも私はファンとして、hikariさんの活躍も見たいし、応援したいから……困っているココロさんのためにも、私のことは気にしないで！　わ、私はどれだけでも、晴間くんを待っているよ！』

雨宮さんは「もちろん、晴間くんが代役を引き受けてもいいなら！」と繰り返し、俺の要望まで尊重しようとしてくれている。

可愛さと尊さの致命傷が……。

隣ではココロさんが「雫ちゃんたら、なんて健気ないい子なの！」と大いに感動しているが、俺も感動を通り越してなんか涙出て来た。

雨宮さんにここまで言われて、引き受けないのはhikariの沽券に関わる。

「わかった……代役を引き受けるよ」

俺の承諾に、真っ先に反応したのはココロさんだ。「よっしゃー！」と雄叫びをあげて、金髪のサイド三つ編みを跳ねさせる。

「ありがとう！　ありがとうね、雫ちゃん！　hikariの出番が終わったら、秒で光輝くんに戻してそっちに行かせるから！　また今度、雫ちゃんも変身させてね！　お姉さん頑張っちゃう！」

『は……はい！　お忙しくなければまた……！』

「あとね！　hikariとコンビでモデルデビューする気になったら、前に渡した名刺にいつでも連絡してね！」

『け、検討してみます』

およ？　雨宮さんの返答が前向きになっている。

少し前は自分にモデルなんて……と、自信のなさ故に消極的だったはずだ。これは良い傾向である。

ますますココロさんも盛り上がる。

「うんうん！　今から実現が楽しみ……！　その時が来たら、hikariに負けないくらい可愛くなろうね！」

バカだなあ、ココロさん。

すでに雨宮さんは、俺を可愛さで超越しているというのに。

ひとしきり喜んだココロさんは、関係各所に連絡を入れ始めている。仕事が出来る人は対応が早い。

俺も通話を切る前に、雨宮さんに「こっちが終わったらすぐ行くな！」と念を押しておいた。

『うん、待つね！　晴間くんに……どうしても、伝えたいことがあるの』

プツンッと、そこで通話は終わった。

俺が雨宮さんに想いを馳せる間もなく、ココロさんにガッシリと腕を取られる。

「さあさあ！　お着替えの時間だよ、光輝くん！　出番はすぐそこ！　君を最高に可愛い、完璧なロリィタガールにしてあげる！」

「ココロさんの腕は信頼していますよ」

あれよあれよという間に、本来は虹色ハナコが使うはずだった楽屋へと連行された。

目の前に突き出されたロリィタ服は、アリルが多めのワンピース型で、白地に真っ赤なハートが山ほどあしらわれている。一番の特徴としては、背中に小さな羽がついていることだろう。よく見ると手袋や靴にも、ちょこんと羽があしらわれている。

頭に乗っけるミニハットにもまた、ハートを持つ羽の生えたウサギのぬいぐるみが縫い付けられていた。

羽とハートが主なモチーフのようだ。

乙女の可愛いを極めた感じが、アメアメっぽいと言える。

俺が最初に着たアリス風や、雲雀が着ていたロリィタ服はまだまだシンプルだったらしい。

「可愛いでしょっ?」

「ええ、まあ……」

「社長にも連絡したら、コウちゃんなら絶対着こなすから、メイクも全力で愛されガールにしちゃってだって!」

中身は愛されガールどころか陰キャの地味ボーイですが、hikariなら確かに着こなせる自信はある。

なお虹色ハナコは、こういう可愛い路線をもう卒業したいそうだ。

「なんか虹色ったら、大人カッコいい女子路線に転換したいって、前から希望していたみたいで」

「へえ……真逆ですね、今と」

虹色本人は最初からそっちでやりたかったのに、事務所が無理に今のイメージ戦略を強いたパターンかな。業界ではよくあることだ。

だからって、仕事のボイコットは絶対にダメだけど……虹色も苦労してんのかな。

「まあ、今はドタキャン娘のことは置いといて!」

「根に持っていますね、ココロさん」

「光輝くんは先に着替えちゃって!　その後にヘアメイクするから!　あ、hikariの飴色髪のウィッグも、今アシスタントの子に持って来るよう頼んだし！」

いつも以上にテキパキ動くココロさんによって、俺はhikariへと変身していく。

この生まれ変わる感覚は嫌いじゃない。

「──よし！　完成だよ！」

程なくして壁に取り付けられた全身鏡の前には、泣く子も見惚れる世紀の美少女が立っていた。

長い飴色の髪は緩くカールをつけ、ふんわりさせたアレンジに。メイクは艶のある赤いルージュをのせた唇が、魅惑的かつ愛らしさ抜群で、羽つきのハートだらけの衣装をより引き立てている。

にこっと、試しに鏡の前で笑ってみたらビビッた。

俺が可愛すぎて。

「まさに完璧な、愛されロリィタガール……」

自画自賛する俺に、ココロさんはもはや御影のようにツッコむこともなく、「私も会心の出来！」と胸を張っている。

「ステージに立ったら、パフォーマンスとかは特にしなくていいからね。イベントタイムはモデルさんのお披露目がメインだから」

「つまりファッションショーですね」

「そうそう！　シンプルに存在だけで、画面の向こうの人を魅了して欲しいっていうか……」

「得意分野です」

「さすがの自信だね！　最後にコーデ全体のテーマなんだけど、教えたっけ？」

そんなものあったのかと、初耳のため俺は首を横に振った。

デザイナーさんやスタイリストさんによっては、ファッションにテーマを取り入れることもあるよな。

ココロさんはアイドル染みた仕草で、両手でハートマークを作る。

「ズバリ、『可愛すぎるキューピッド』だよ！」

「キューピッド、なるほど」

だからハートや羽がモチーフなのか。

神話的な存在がテーマなら、hikariにはハマり役だ。雨宮さんが天使なら、hikariは女神である。

いや……キューピッドは確か美の女神・ビーナスの息子で、つまり男だよな？

女装男子的にも、この上なく俺にピッタリなのでは……！

「でも光輝くんは、むしろキューピッドに応援される側かな？」

「はい？　なにをですか」

「なにをって、わかるでしょっ！　キューピッドの役割を考えたらさっ」

　背中に生えた羽を、ココロさんはちょんちょんと突いた。

　顔のニヤニヤが凄い。御影と被る。

「雫ちゃんとのことだよ！　さすがの光輝くんも、いい加減自覚した？　むしろもう付き合っているなら、キューピッド要らずかな？　この後デートなんでしょっ？」

「えっ？　いや、だからデートではなくて……そもそもどうして雨宮さんが出てくるんですか」

「へ……」

　俺の本気のキョトン顔に、からかいモードだったココロさんは一転して真顔になる。

　次いで楽屋に響き渡るビックボイスで「ウソでしょっ!?　まだ付き合っていないどころか無自覚なの!?」と叫んだ。

　耳がキンキンします、ココロさん！

「うーわー……マジかよ、光輝くん。今はhikari？　どっちでもいいけどね、おねえさんはドン引きだよ」

「ガチで引いた目はやめてください」

「君さ、あまりにも自分の気持ちに鈍過ぎない？　それも『自分最強可愛い病』の症状のひとつ？　知っていたけどかなり重症だね。元凶は社長なわけだけど、雫ちゃんに同情するよ……」

「なんスか、さっきから」

ココロさんの話が読めず、鏡に映る俺もムッスリ顔になる。

おっ、この表情もアンニュイさがあって可愛いじゃないか。さすが俺。

……これこそが、ココロさんの言う俺の持病だが。

「鈍いってね、事と次第によっては罪だから。病院……いや、一回死んで生まれ変わった方が早いかも。どうしよ、死んどく？」

「軽いノリで拳を振り上げないでくださいよ！」

「冗談冗談！　イベントタイムの代役がいなくなったら困るし！」

つまりイベントタイムが終われば、ココロさんに拳で殺られる恐れがあると……？

「じゃあ、いくつか質問するけど……あ、時間が迫っているから手短に答えてね？　君は雫ちゃんのことをどう思っている？」

「世界一可愛い」

「笑っている雫ちゃんを見たら？」

「一生守る」

「もし泣いていたら？」

「俺も泣きそう……だけどまず理由を聞いて、慰めるとか励ますとか……。もし泣かせた相手がいるなら報復します」

「あら、存外男前。じゃあ、雫ちゃんとずっと一緒にいたい？」

「ずっと一緒に……」

俺は鏡の前で、hikariと見つめ合いながら考える。

雨宮さんといると、自分の知らなかった感情がたくさん揺さぶり起こされて、なにかと戸惑うことは多い。

その戸惑いは決して悪いものではなく、むしろ新鮮な驚きに満ちていて楽しい。

本当に、hikariを超える可愛い女の子なんて、出会ったのは雨宮さんが初めてなんだ。

可愛い雨宮さんの可愛さを、もっと傍で見ていたい。

つまり答えは……。

「……そうですね、ずっと一緒にいられたら幸せなんじゃないッスか」

「もう……っ！　なんでそれでまだ無自覚なのかな、奇想天外摩訶不思議だよ！　このお馬鹿さん！　ばかばかばかばかばーか！」

情緒不安定なのか今度は怒り出したココロさんは、「私がヘアセットしてなかったら、スリッパで頭叩いているよ！」とエア素振りをする。

拳の次はスリッパとは。

「とにかく、ヒントは出したから！　もうココロお姉さんは限界です！　道具の片付けがあるから、hikariはさっさとステージに行って！」

「急に扱い雑ッスね……」

「引き受けてくれたことはマジ感謝しているよ、鈍ちんボーイ！　間違えた、今はガール！　最高のステージよろしくね！」

追い立てられるように、俺は楽屋から押し出された。

なんなんだ……と赤く熟れた唇を尖らせ、羽をパタパタさせながらステージまでの廊下を歩く。

通りすがるスタッフさんたちが一様に、俺の揺れる飴色の髪を見て三度見くらいする。

「え……ちょちょちょっ、hikari⁉　なんでここにっ⁉」

「ウソだろ！　出演予定あったか⁉」

「本物初めて見た、死ぬほど可愛い」

「羽が見える……hikariが天界から来たって噂、マジだったんだ……」

浴びる称賛が気持ちいい。これからステージに上がるのだから、ボルテージ上げにも最適だ。

もっと褒めてもいいんですよ、可愛い俺を。

「は？　晴間先輩、ですか？」

「ああ、雲雀か」

悦に入って進んでいたら、前方から雲雀が歩いてきた。

俺がすかさず「ステージよかったぞ！」と褒めると、ほんのり頬を染めて顔を逸らす。

「き、聞いていましたか？　私が先輩を慕っていると、その……」

「ああ、そんなふうに hikari を尊敬してくれてありがとなっ！」

「……先輩って、鈍過ぎて一回死んで生まれ変わった方が早いとか言われたことありませんか？」

「なんでわかるんだ!?」

ついさっき言われたばかりである。

驚愕する俺に冷たい視線を注ぎながらも、雲雀は溜息をひとつ。

「もういいです……ダメ元中のダメ元でしたから。それより今度はなにがあって、そんな格好をされているんですか？」

「いやあ、かくかくしかじかで……」

俺は手短に、イベントタイムで代役をすることになったと事情を説明する。

「なんというか、先輩らしい巻き込まれ方ですね」

「hikari 誕生秘話も半ば押し負けた形だからな……」

「基本的にお人好しなんですよ、先輩は」

「……まあ、今回の代役は、雨宮さんの頼みってのもあるけどな」

あんな後押しされたら断れないだろう。

雨宮さんの可愛さをしみじみ思い出していると、雲雀はいつかも見た大変複雑そうな顔をする。

「先輩は本当に、雨宮先輩のことになると……『恋は盲目』って感じですね」

「恋……？」

その単語がやけに引っ掛かる。

今の雲雀の言い方だと、まるで俺が雨宮さんに恋をしているような……え？

「目と口が点になっていますよ。なに適当な作画みたいになっているんですか、hikari でその顔はやめてください」

「きゅ、究極の美少女である俺に、作画崩れなど起こらな……じゃなくてだな！」

「まさか先輩……無自覚だったんですか？　今まで？」

目を限界まで見開く雲雀は、ココロさんと同じことを言っている。自覚とか、無自覚とか……。

俺は脳の許容量オーバーでただただ困惑している。

「嘘でしょう……これって私、あまりにも損な役回り過ぎませんか……ですが晴間先輩も雨宮先輩も、おふたりとも大切な恩人ですし……本当に、どうして私はこんな頓珍漢な女装男子のことを……」

「ひ、雲雀？」

ブツブツと取り留めのないことを呟き続けた雲雀は、締めに「はあー……」と地獄の底を這うような深い溜息をついた。

感情の乱高下が激しくて、マジで表情も豊かになったよな、雲雀。

「先輩……非常に不本意ながら、私が答えを教えて差し上げます。こうして後押しすることが、きっと雨宮先輩と貴方への一番の恩返しになると思うので」

「お、おう」

雲雀の静かな迫力に圧倒されて、意味を理解する前に頷いてしまった。

そして雲雀は長い睫毛を僅かに伏せ、グレーの瞳に影を落としつつ「端的に事実を申し上げます」と前置きする。

「……晴間先輩は、雨宮先輩がお好きですよね？　友情ではなく、恋愛感情として」

「れんあい……」

「先輩が雨宮先輩に抱く感情は、世間一般で言うところの『恋』というものです。まさか『恋』がわからないなんて、人の心を学習中のＡＩかアンドロイドのようなことは言いませんよね？」

「なんだその譬え……い、いやぁ……」

ステージ出場を控えたこの時、いよいよ廊下の端でする話ではなくなってきたが、このモヤモヤを抱えたままキューピッドにはなれない。

真剣に考えてみたら……俺って、初恋すらまだなんだよな。

御影はよくある話で、小学校の担任の先生が初恋だったらしい。

だけど俺はその頃、美空姉さんに女装させられて「コウちゃんが世界一可愛いわー！」

と持て囃されていた。面白がった両親からもだ。

自分以外を可愛いと思えない、恋が出来ない俺の病気は、実は鮮烈なhikariデビューを
きっかけに発症しただけで、原因は幼少期から植え付けられていたのかもしれない。

……というか、全部やっぱり姉さんのせいじゃねっ!?

元凶があまりに強い。

おかげで『恋』という概念が、どうにもまだ俺の中でぼやけている。

「あー」とか「うー」とか曖昧な俺に対し、雲雀は眉を吊り上げた。

「段々とイライラして来ましたね……先輩が今、可愛い格好をしているhikariでなければ、
手近な鈍器で殴りそうです」

「コ、ココロさんみたいに、せめて拳にしてくれ！」

　スリッパでも可！

「誰ですかココロさんって。『恋』というのは、その人と付き合いたいだとか、ゆくゆく
は結婚したいだとか……」

「結婚!?」

「うるさい、最後まで聞いてください」

ピシャリと容赦なく、俺を諫める雲雀。

結婚と聞いて、ついつい二回見たエプロン雨宮さんを思い出し、やたら胸が騒ぐも押し黙る。

「馬鹿で愚かで無知な先輩のために、もっとわかりやすく言いましょうか?」

「お、お願いします」

「……その人と、ずっと一緒にいたいってことですよ」

それは奇しくも先ほど、ココロさんに問われた内容と重なった。

あの問いに、俺はなんと答えた?

『ずっと一緒にいられたら幸せなんじゃないッスか』……そう言ったよな。

なんだ、そっか。

俺は雨宮さんに『恋』をしているのか。

一度理解してしまえば、その事実はすんなり受け入れられた。

ストンと、自分の真ん中に『雨宮さんへの恋愛感情』が、明確な輪郭を持って隙間なく収まる。

ココロさんのヒントと雲雀の答えがなきゃ理解出来ないなんて……ふたりに罵(ののし)られまくっても仕方ないよな。

だけどもう、無自覚鈍感野郎は卒業だ。

「ありがとうな、雲雀。お前のおかげで、なんかいろいろスッキリしたよ」

「それはどうも。……告白、とかするんですか」

「鈍感野郎を卒業したなら、次はそれだよな」

今すぐにでも、雨宮さんに会いに行ってこの気持ちを伝えたい。

どんな答えが返って来るのか……未知数で恐ろしいが、伝えずにはいられそうにないくらい、ドクドクと鼓動が逸っている。心臓がふたつもみっつもあるみたいに落ち着かなかった。

懸念があるとすれば……。

「雨宮さんは似非(えせ)キューピッドの俺と違って、本物の天使だからな……俺がフラれる可能性は十分あるとして、その時は彼女が変に悩んで気負わなきゃいいんだが……」

「そんな可能性ほぼない、むしろゼロだと思いますけど」

「いや、普通にあるだろ？　今や四大美少女で、性格よし頭よし運動苦手なのも可愛くてよし、あのモテて当然の雨宮さんだぞ？　すでに彼女は別の奴のことが好きだったりして……あー！　ムリだ！　ツラい！　想像だけでツラ過ぎる！」

かつてない感情にこれまた振り回され、俺は廊下でしゃがんでしまう。羽がパタ……と、虚しく羽ばたいた。

hikariの姿なので、しゃがみ方も豪快ではなく、あくまで可憐におしとやかに。身に付いた習慣だ。

そんな俺に、雲雀は「さっさと立ってください」と冷ややかに命じた。

さっきからココロさん以上に、俺への当たりがキツい気がする……。

だけど立ち上がった俺に、雲雀は呆れたような諦念を滲ませたような、大人びた微笑みを向けてくる。

「似合わない鬱陶しい落ち込み方は、すぐさまやめた方が賢明かと。自信のない晴間先輩なんて、ただの頓珍漢な陰キャ女装男子ですよ」

「言い返せねぇけど酷いな……」

「だからいつも通り自信を持って……雨宮先輩に告白したらどうです？　私もケジメ、つけたいですし」

なんで雲雀がケジメ？

疑問には思ったが突っ込んではいけない気がして、俺は「おう」と頷くに留めた。

このイベントタイムが終わったら、雨宮さんに会いに行って……そこで告白する。

玉砕覚悟だ！

「よしっ！　気合い入った、ステージ行ってくるわ」

「開始時間もそろそろでしょう。私は控え室に戻って、先輩の勇姿を拝見しております。雨宮先輩にもよろしくお伝えください」

「ああ。雲雀もコンテストの結果、速報よろしくな」

そうして俺は、雲雀と廊下で別れた。

最後に雲雀がなにか呟いたが、声が小さ過ぎて聞き取れず……でもさすがに時間が差し迫っていて、俺は白タイツを穿いている足を急がせた。

舞台裏に入れば、待ち構えていたスタッフさんが「ほ、本物のhikariだ！」と面食らった後、ハッと我に返って段取りを教えてくれる。

だけど概ね、ココロさんから聞いた通りだった。

ステージで自由に『魅せて』くれたらいいと。

「それでは、ここからは視聴者の皆様に向けたイベントタイムです！　サプライズゲストをお呼びしましょう……どうぞ！」

司会者には俺が代役だと報せが行っているのかいないのか。

まあどっちでもいいかと、髪を掻き上げて暗がりから光あふれるステージへと出る。

テンポよく、だけどしなやかなウォーキングで、ステージの中央まで。呆気に取られている審査員たちも、構えられたカメラも今は気にならない。

クルッと完璧な重心移動でターンを決め、お茶目に弓を引くポーズを取る。キューピッドアピールだ。

他にもポージングをくるくる変えて、衣装の隅々まで披露していく。

ふわり、と。

とびっきりの笑顔は、雨宮さんを思い浮かべながら……。

俺は君に恋をしているらしい。

だから待っていてくれよな、雨宮さん。

Side H　雲雀さんのふたつの秘密

私、雲雀鏡花にはふたつの秘密があります。

ひとつは、何事にも心許さないクールな性格だという他者から寄せられる勝手なイメージに反して、可愛いものに強い憧れがあるということ。

特にロリィタ服には夢が詰まっています。

出会いは衝撃的で、街中でロリィタ姿の方々を見た時は、一気に視界が光に包まれたようでした。

「可愛い……お姫様、みたいです」

そう無意識に呟いていたと思います。

そこから『Candy in the Candy・PINE!』というブランドに辿り着き、ついには自分でも購入してみて……。

厳格な母によって、日常的になにかと制限されてきたことで溜まりに溜まっていた私のフラストレーションを、可愛いお洋服は手に取るだけで癒してくれました。最初は眺めるだけで満足だったんですけれどね。

似合わないことは百も承知。

それでも着てみたくなって、着て外を歩いてみたくなって、誰かに見て欲しくなって、沼にズブズブと沈んで行ったと言ってよいでしょう。

思えば私は、昔から『お姫様』に憧れがありました。

幼い頃はお姫様が出る絵本ばかり読んでいましたし、映画などに出て来るプリンセスの格好を両親に強請(ねだ)ったりもしました。

「鏡花はプリンセスが大好きね」

「うん！　きょーかも、大きくなったらお姫さまになりたい！」

「なれるわよ、きっと」

……そんな無邪気な会話を、母としたこともありましたっけ。

母は職場で地位が上がるにつれ、どんどん今のように頑なな性格になっていきましたが、私がまだ幼い頃はそうではなかったのです。

とあるテーマパークに家族で遊びに行った時なんて、スタッフさんの熱烈な勧めで母娘お揃いでプリンセスのドレスを着て、仲良く写真も撮ったくらいですから。父も褒めてくれましたし、母も楽しそうでした。

もう一度……あの頃に戻れたらなと、少し願ってしまいます。

母はもう、そんな写真のことなど忘れているかもしれませんね。

紆余曲折あって、参加することになった『集まれ、ロリィタガール！　一番可愛いのはあなた♡　コンテスト』。

自分の『好き』を隠して生きてきた私が一大決心で参加を決め、どうにかこうにかラストステージまで進めたのに……母にバレて全否定された時は、目の前が一気に真っ暗になりました。

もう可愛い服は着られない。

ステージにも立てない。

早々に諦めて虚無感に包まれていた私を、もう一度立ち上がらせてくれたのは、雨宮先輩と晴間先輩のおふたりでした。

なにより、晴間先輩の……。

『私は私の可愛さに自信がある。それは親だろうとアンチだろうと何処ぞのお偉い様方だろうと、誰が否定しても揺らがないの』

……その言葉には、強く胸を打たれました。

いえ、これはhikariの言葉でしたっけ？　凄い自信ですよね。

晴間先輩は、一言で表すなら変な人です。

裏の顔は世を騒がせる世界一可愛い美少女モデル・hikariだというのだから、変も変。変の極みでしょう。

でも確かに女装した先輩は、悔しいけど可愛かったです。

私の憧れそのものの『女の子』でした。

それだけでなく……hikariじゃない素の先輩も、変。

私の好きなことをすべて肯定してくれて、勝手なイメージの押し付けもしない。コンテストにも進んで協力してくれて、何度だって背中を押してくれる。

それらに嫌みや媚がなく、至って自然体だとでも申し上げましょうか？　私の周りにはいないタイプの男性でした。

hikariに変身した時に魅せる強い輝きと、普段の素朴だけど飾らない優しさ。

——それに気付いた時には、もうダメだったのかもしれません。

§

「はあ……本当に損な役回りですよ、もう」

楽屋前の廊下の窓から、地上を見下ろしつつ呟く。

今にも降り出しそうな曇り空の下、女装を解いた晴間先輩が慌ただしく会場から出て行く姿を、私は煮え切らない気持ちで見送りました。

一波乱あったらしいイベントタイムは、無事に終了。

モニター越しに拝見した、ステージに立つ先輩は、それはもう圧倒的な存在感を放っておりました。

可愛さに凄みさえ乗っかっているような……。

とりわけ、ふわりと浮かべた笑顔は、見る者すべてを根こそぎ堕とすような愛らしさでした。

でもきっとあの笑顔は、ただひとりに向けられたもの。

彼が誰を想って笑ったかなんて、私にはお見通しです。

「あんな顔されたら……やっぱり敵いませんよね」

しかも無自覚だったのを、私がわざわざ自覚までさせてしまって。

あまりの鈍感を通り越した感覚死体レベルに焦れて、恩返しも兼ねて教えてしまいましたが、後悔は少なからずあります。

指摘せず無自覚のままにしておけば、私にもまだチャンスがあったのかな……なんて。

こんな考え、私らしくない。

私のもうひとつの秘密……それは晴間先輩に、最初から失恋確定の『恋』なんてしてしまったことです。

彼が特別『可愛い』と思うのは雨宮先輩だけだとわかっていたのに、ままならないものです。

またその雨宮先輩が、私から見ても文句なしに可愛い女性で、おふたりの幸せを願う気持ちも決して嘘ではないのですから……。

まったくもって、やっていられない。

「……でも、あの魔法は私だけのものですし」

私がパフォーマンスをする前に、晴間先輩が励ましてくれたことを思い返す。

あの瞬間だけは、私が先輩にとって世界で一番可愛い女の子になれていた。

正直まだ諦めはついていないので、そのことを支えにするくらいは、どうか許して欲しいです。

「ああ、じきに結果発表でしょうか」

ふいっと、窓から視線を逸らす。

とっくに晴間先輩の姿は眼下にない。

今頃、先輩方がどうしているかなんて、想像するだけ野暮というものでしょう。

迫るコンテストの結果発表に集中しようと、私はみっともなくも緩んだ涙腺を引き締めました。この前から少し泣き虫なんですよね、私。

「よし……」

結果発表は、決勝メンバー全員がステージ上に集められて、カメラが回る中で行われる。

涙はまだとっておかなくてはいけません。

私は頬を叩いて、無理やり口角を上げます。

私は笑った方がもっと可愛い。

そうですよね、先輩？

第八章　ここからはじめる

イベントタイムは、結論から言えば大成功だった。

hikariがロリィタ姿でサプライズ登場したんだ、当然過ぎるほど当然の結論である。失敗する方が難しい。

ただ俺の方は、ステージに上がっている間の記憶があまりなかった。

いわゆる無我の境地？　ゾーン状態？

最強無敵モードのスイッチが入っていて、気付けば審査員の皆様はバタフライ畠山さんを筆頭に、号泣しながら「ブラボー！　アメイジーング！」とスタンディングオベーションしていた。

配信も俺が出た途端にコメントが急増して、視聴者数も跳ね上がったらしい。出番はたったの十五分程度だったんだが、ＳＮＳではトレンドにも上がっていた。

まあ、これも当然といえば当然だな。

hikari（俺）だからな。

ココロさんからチラッと見せてもらった、動画内で打てるコメントやＳＮＳの書き込みはこんな感じ。

【何気なくロリィタちゃんたちのコンテスト見ていたら、なぜかhikariちゃんが出ているんだが!?】

【詳しく！　URLください】

【hikariのロリィタ可愛いhikariのロリィタ可愛いhikariのロリィタ可愛いhikariのロリィタ可愛いhikariのロリィタ可愛い……】

【待って、どこから視聴出来るのそれ!?　そのコンテストの情報教えて！】

【激レア映像！　hikariのロリィタ！】

【ハートと羽モチーフのロリ服可愛い～！　私も欲しい！】

【hikariちゃんの格好が良すぎて、ロリィタ一式揃えてみたくなったかも】

などなど、まさに大盛り上がりだ。

ロリィタの世界にも興味を持ってもらえたなら、サプライズゲストとしての役割は十二分に果たせたと言ってよいだろう。

そんな視聴者の声の中に、俺的に気になるコメントもいくつか……。

【今回のファッションテーマ、キューピッドって……hikariが誰かの恋を応援するみたいな？　でもhikariちゃんの方が、誰かに恋しているって雰囲気だった！】

【キューピッド自身が恋する女の子ってこと？　それならhikari、演技力も凄過ぎ。女優いる。

ステージ上の記憶は曖昧でも、雨宮さんのことをひたすら考えていたことだけは覚えている。

恋する女の子は可愛くなるという法則は、女装男子にも適用されるのかもしれない。

ファンを侮っちゃいけないな。

……このあたりは鋭いとしか言いようがない。

【確かに、恋する女の子感出ている！　ステキ！】

【なんか前より可愛くなった……？】

もイケるじゃん】

早く会いに行って、顔が見たい。

雨宮さんにはいつだって笑っていて欲しいし、出来ればその可愛い笑顔を俺にだけ向けて欲しい。

でもやっぱり、雨宮さんの最高の可愛さを世界中に発信して自慢したい気持ちもあるから、俺の心は定まらずにふわふわだ。

ままならなさも含めて、この感情を世間では『恋』と呼ぶらしい。

もう彼女への気持ちは、痛いほど自覚したから……。

「……信号、早く変わってくれ！」

代役を終えた後。

俺は秒でhikariの変身を解き、後始末はココロさんに任せて、コンテスト会場から出て雨宮さんの待つ森林公園へと走った。

距離的にバスやタクシーを使うより、徒歩が一番早い。

しかしながら、渡れば公園の入り口はすぐそこという交差点の前で、赤信号に捕まってしまった。

ここの信号、長くないか？　永遠に赤な気がする。

焦る想いに反して足止めされ、俺は焦れったくて歯噛みした。

しかも……。

「うわっ！　マジかよ!?」

ポツポツと、空から無数の雨粒が落ちてきた。

走ったせいで皮膚を伝う汗に、冷たい水滴が混じる。

曇り空でも降水確率は低かったのに……天気の神様の悪意を感じる。

「くそっ、雨宮さんは濡れていないよな……!?」

すでに公園で待っているだろう彼女の身が心配だ。

まだ小雨とはいえ、下手に濡れたら風邪を引く。

雨宮さんが倒れでもしたら、あの賑やかな家族だって右往左往するだろう。零くんあたりは発狂しそうだ。

俺はまあ……多少の雨くらいなら平気だ。健康優良児だから。

雨宮さんが転ばぬ先の杖で傘を持ってきているか、軒下にでも避難してくれていることを願う。

「スマホで連絡……でもすぐそこだし……おっ！」

俺がもだもだしているうちに、ようやく信号は青に変わった。

気分はクラウチングスタートで、再び駆け出す。

「はあっ、はあっ……」

息を乱しながら、緑あふれる公園内に入れば、突然の雨で慌てている人たちがそれなりの数いた。偶然なのか、やたらカップル率が高い。

そんな人たちの間を抜けて、待ち合わせ場所である噴水を目指す。

ここにはhikariのロケと、雷架の撮影サポートで二回訪れたことがあるが、噴水広場には行ったことがなかった。

「いた！」

白い円形の、ヨーロッパ風の噴水。

その前には青いチェックの傘を差した、会いたかった彼女が立っていた。

「――雨宮さん！」

くるっと、雨宮さんが振り向く。

彼女の持つ傘は折り畳み式らしく、用意のいい雨宮さんは提げている籠バッグの中に忍ばせていたようだ。

俺があげた雫形のピンで前髪を留めて、ミディアムボブの髪はおそらく緩く内巻きにしている。

服装は夏物の白いワンピースに、薄手のアイボリーのカーディガン。足先を彩るミュールはクリアなベルトとヒールが爽やかな印象で、全体的に華やかながらも清楚に纏まっている。

普段のとんでもファッションから進化を遂げたあまりにも可愛い姿に、俺は全力疾走のせいだけではなく、心臓がドキドキ苦しくなった。

可愛い、どうしよう可愛い。

というか、あのゆるりとした襟元とマキシ丈、シンプルなのに洗練されたデザインの見慣れ過ぎたワンピースは……。

「は、晴間くん！　濡れているよ！　傘、早く傘に入って！」

「へっ？」

つい雨宮さんに見惚れていた俺は、名前を呼ばれてハッとなった。

駆け寄ってきた彼女は、慌てて俺を傘に入れてくれる。身長差で持つのもツラいだろうから、俺は反射的に柄を預かった。

手が空いた彼女はすかさずバッグから水色のハンカチを取り出すと、俺の濡れた髪を背伸びして拭こうとする。

「ちょ、ちょっとごめんね！」

ぎゅうぎゅうと密着する体。

この隙間のないゼロ距離な感じは、雨宮さん宅でも経験した。

あの時も、俺の制服のシャツに零れたお茶を拭こうと、雨宮さんは一生懸命になってくれていたのだ。

だが一生懸命になればなるほど、雨宮さんは現状の危険度を把握出来なくなる。

小さい折り畳み傘での、相合傘。コーラルピンクのリップを塗った雨宮さんの唇が、視界のすぐそこに映っている。

このままでは、再び精神が宇宙に……！

レッドカードで即退場です、理性が！

「あの、雨宮さん！」

「ハンカチだと足りないね……タオル持ってくればよかったかも」

「ふ、拭いてくれるのは有難いけども！　さすがに近いかなって……！」

「え……ひゃっ！　ご、ごめんなさい！」

雨宮さんは爆発しそうなほど顔を真っ赤にして、ピャッ！と驚くと、猫並みの俊敏さでようやく距離を取った。

そうは言っても傘の中にはいるわけだから、肩が触れ合う近さは変わらない。

とにかく告白……いや待て、心臓を落ち着かせてからだ。

雨宮さんだってほら、インターバルが欲しいだろうし、うん。

俺はまず、気になっていることを確かめてみる。

「そのワンピースって、もしかして……hikariがモデルデビューした時に着ていたやつじゃないか？」

「さすが晴間くんだね。すぐにわかった、かな？」

「そりゃもちろん」

美空姉さんが俺をデビューさせるきっかけとなった、とある年の『アメアメ』の新作ワンピース。hikariの名と共に広まって、発売直後には飛ぶように売れたことを今でも鮮明に覚えている。

でも、どうしてそれを雨宮さんが……？

実は持っていたのか？

続けて尋ねれば、雨宮さんは「小夏ちゃんと出掛けた時に、『アメアメ』のショップに寄って買ったの」と、もじもじしながら教えてくれる。

「再販分がたまたま入荷していて……最初に見つけたのは小夏ちゃんだから、どうかなって勧めたんだけど、『雷架ちゃん的には、もっと原っぱや空き地で動き回ってもＯＫな服がいいのだ！』って」

「小学生男子か、アイツは」

確かにスポーティーなファッションを好む雷架の趣味じゃないかもしれないが……意外と着こなせるとは思うんだけどな。

「hikariのデビューブームの時なら乗っかって買ったかも、とは言っていたよ」

「俺はいつでもブームだが……」

「そ、それに、その！『アマミンには似合いそう』って、逆に勧めてくれて……どうかな？　似合っている？」

雨宮さんはハンカチを仕舞って、そっとスカートの裾を摘まみ上げる。

「さっ、最高だ！　雨宮さんのために作られたワンピースだ！」

少し恥じらった様子も可愛過ぎて、俺はつい大声で叫んでしまった。

通りすがりのカップルが二組くらい振り向いて、「なんだあれ、高校生？」「かわいいー」とクスクス笑われる。

自己を制御出来ず申し訳ない……。

「晴間くんったら、それは褒め過ぎだよ」

嬉しそうに「でも、よかった。ありがとう」とはにかむ雨宮さんに、俺は胸が高鳴って仕方ない。

　動悸は収まるどころか、どんどん悪化していくようだ。

　雨の中でも噴水は高く飛沫を上げ続けているが、俺には雨宮さん以外まったく視界に入らなかった。

　こんな悪天候の下でも、彼女の周りだけ太陽が燦々と差しているように明るいから不思議だ。

「この服を着て来たのもね、私の覚悟の表れで……。雷架ちゃんに『とっておきの情報』を教えてもらったから、どうしても今日ここで晴間くんに会いたかったの」

「なんだ、とっておきの情報って」

「噴水にはジンクスがあるんだって」

「ジンクス……？」

　ゆっくりと、雨宮さんが噴水を仰ぎ見ながら「私もネットでいろいろ調べて来たんだ」と続ける。

「五十年以上も前に、この公園の噴水が建てられた日が今日なんだって。この日のうちに噴水の前で……す、好きな人に告白すると、恋が叶うらしいよ。噴水にいるキューピッドの像が応援してくれるとかなんとか……」

『恋』というワードに、不意打ちを食らって動揺する。

言われてみればこの公園自体、デートスポットとして有名だ。そんなジンクスがあったからなんだろうか。

それにしても、キューピッドとは。

その存在に縁があるのかもしれない。

像なんて意識していなかったけど……と、雨宮さんに倣って噴水を見上げる。

円い池の中央に三段ケーキのようなオブジェがあり、天辺から水が噴き出している。ケーキの二段目にポツンと座っている白い少女の石像が、水の向こうに確認出来た。

少女は布を重ねたようなドレスを纏い、手には弓矢を構えている。背には正面からでもわかる、大きな天使の羽。

同じキューピッドだから、代役でステージに立った際のhikariを彷彿とさせる。

俺が像になる日も近いな、という本気の冗談は置いといて。

なんだかhikariに応援されているみたいだとか、おかしなことを思ってしまう……雨宮さんに告白するなら、さっさとしろって。

つまりは自分自身に発破を掛けられているわけだが、とうとう俺も腹を括る時が来たようだ。

深呼吸をして、強く拳を握る。

言うぞ！　俺は、雨宮さんに！

『好きです』って、手始めにシンプルに……。

「……ん？」

そこでふと、俺は当然の疑問に気付いた。

雨宮さんはわざわざジンクスがある日を指定して、こうして俺と待ち合わせをしたわけで……それってつまり……。

「さっきまでね、いろんな人たちがこの噴水の前で告白して、本当に成功していたんだ。みんな、幸せそうだった」

「あっ！　あのさ、雨宮さん……！」

「羨ましいな、いいなって。私も頑張らなきゃって、思ったの」

「え……」

俺が答えに辿り着く一歩手前で、雨宮さんが動いた。

噴水から視線を外して、改めて俺に向き直る。彼女が濡れないように、俺も咄嗟に傘をずらす。

その可愛いお顔には、明確な決意が浮かんでいた。

ゴクリと、緊張で俺の喉が上下する。

「……本当は今日ね、晴間くんとお洋服やアクセサリーを見るショッピングとかして、どら焼きの美味しいお店に行って、あちこち回った後に、最後にもう一度ここに来てもらうつもりだったの」

「それは俺が……ダブルブッキングした上に、代役なんて引き受けたから全部出来なくて……」

「ううん、それはいいの！」

ふるふると、雨宮さんは首を横に振る。

カーディガンの裾が柔らかに広がる。

「晴間くんは、雲雀さんやココロさんを助けていたんだもん。私はそういう、晴間くんの自然と人に手を差し伸べられるところ、本当に尊敬しているの」

「そ、それこそ大袈裟だって」

ただ流されやすいだけなのに、雨宮さんは俺を過大評価し過ぎだ。

でもいつも……hikariじゃない俺も、しっかり見てくれているんだよな、雨宮さん。

「本音は、一日一緒にいたかったんだけどね。その間に私のこと、少しでも……す、す、す、好きになってもらって、勝算を上げてから告白したいなって」

「勝算……告白？」

脳の処理が追い付かない。

雨宮さんはなにを言っている？　俺はなにを言われている？

きゅっと、雨宮さんがワンピースの靡く裾を両手で握った。いつの間にか雨が小降りになった代わりに緩い風が吹き始めている。

「私も晴間くんに手を差し伸べられたひとりなの。私が前に『変わりたい』って願ったこと、覚えているかな？」

「も、もちろんだ！」

「相変わらず私は後ろ向きで、自信もなくて、まだまだhikariさんの輝きには及ばないけど……それでも『前の私』より、私は『今の私』が好き。それは間違いなく、晴間くんのおかげだよ」

違う。それは雨宮さんが変わる努力をしたからだ。

そう言いたいのに、今は彼女の言葉を遮れない。

「そんな晴間くんを取られたくないって思ったから、小夏ちゃんからこの噴水の話を聞いた時、絶対に今日伝えようって、決めました」

雨宮さんは緊張すると敬語になる。

彼女らしい可愛い癖だ。

そうか、雨宮さんも俺と同じで緊張しているんだな。

雨音さえ遠退くほど、自分の心臓の音がうるさい。馬鹿野郎、雨宮さんの言葉を聞き逃すだろうが！

いったん止まっていろ……って、それだと死ぬな。俺も大概混乱している。

震える声で雨宮さんが「晴間くん」と、一語一語丁寧に俺の名前を呼んだ。

「前にも言ったけどね、この先も私だけを見ていてください……」

言われなくても俺は雨宮さんから目が離せないんだよ。

いつかの放課後、誰もいない教室の汚いロッカーの中で、その素の笑顔を初めて見た日から、俺の目は雨宮さんだけを追っているんだ。

そして彼女は、俺の言いたかったことを先に言ってしまう。


「私は晴間くんのことが……好きです」


風に揺れる艶やかなミディアムボブの髪と、白いワンピース。

その一瞬はまるで、hikariがひまわり畑を背景に撮影した、あの伝説の一枚のような鮮烈さだった。

いや、これはそれすらも超える衝撃だ。

そして人間はあまりにも強い刺激を受けると、叫ぶとか慄くとかする前に言葉を失って身体機能が停止するらしい。

俺は雨宮さんからの告白に、その圧倒的な可愛さの暴力に、無言のままただただ立ち尽くしていた。

ポンコツな俺をどう捉えたのか、雨宮さんが眉を下げる。

「ご、ごめん……やっぱり迷惑、だよね。私じゃまだ、キラキラ眩しい晴間くんにはつり合わないっていうか……」

「え……い、いや、ちがっ！」

「でも私、本当にごめんなさい……簡単には諦められそうにないのっ！　晴間くんのカノジョにしてもらえるまで、もっと可愛くなってみせるから、だから……っ」

「ま、待ってくれ、雨宮さん！」

密度の濃い睫毛を伏せた雨宮さんの声はか細い。

瞳が潤んでいるように見えたのは、きっと見間違いなんかじゃない。

それでも必死に言い募ろうとする健気さに、俺は我に返った。

俺が間抜けにも呆けていたせいで、一瞬でも雨宮さんに悲しい想いをさせたことが、自分で自分を許せない。

というか『晴間くんのカノジョにしてもらえるまで』とか言わなかったか？

幻聴か？

可愛過ぎる！

「俺も……俺も、君が好きだ！」

雨宮さんへの可愛いゲージが溜まったところで、気付けば俺は叫んでいた。傘の中に上ずった大声が反響する。

バッと、俯いていた雨宮さんが顔を上げた。

全身に火がついたように熱いが、ここからは感情の赴くままに伝えるのみだ！

「キラキラ眩しいのは雨宮さんの方だ！　俺の方こそhikariにならなきゃただの陰キャな地味男だし、hikari以外の女の子を可愛いと思えない厄介な病気持ちだった！　その俺を変えたのが雨宮さんなんだよ！」

「そ、そんな、私が変えただなんて……」

「いいや、雨宮さんが俺の中の順位も変えた！　世界で一番可愛いのは今やhikariでなく雨宮さんだ！」

これは俺にとって革命に等しい。

思い返せば、放課後のロッカー内にいた時点で俺は雨宮さんに惚れていたんだよな、きっと。

「自覚するのが遅れた、鈍過ぎて情けない俺だけど……ずっと好きでした！　カノジョになってくれませんかお願いします！」

最後は雨宮さんの敬語がうつって、なんか情けない懇願になってしまった。勢いで頭も下げたので、まるでフラれた後に縋るみっともない男だ。

モテない男代表みたいな。

やっぱりただの『光輝』な俺じゃ、決めるとこも決められないな。

しかもフラれた後って縁起でもない……いいや、フラれていない、俺はフラれていないぞ！

俺は雨宮さんに告られたし、俺からも告った！

雨宮さんは先ほどの俺と一緒で、言葉を失ってピクリとも動かなくなっている。

だがじわじわと、徐々にその頬はピンク色に染まっていった。

雷架にメイクも教わったのか、ファンデーションが控え目だから、うっすらチークが乗ったみたいになっている。

そして蚊が鳴くような声で、「今の……本当？」と尋ねてくる。

「私は晴間くんのカノジョに……こ、こ、こ、恋人に、なってもいいの？」

「恋びっっっ!?　そ、そっか、恋人か……その響き、めちゃくちゃいいな……なろう、ぜひ！　付き合おう、俺たち！」

「つ、付き合う……その響きもすごくいいね！　う、うん、付き合いたいです！」

俺も雨宮さんもいっぱいいっぱいなことは、向き合っていればすぐわかる。

お互いの必死さに、俺たちは同時に吹き出した。

「ははっ！　なんか俺たち、告白も俺のせいでグダグダだし……スマートな『恋人同士』にはなれそうにないよな」

「う、うん。でも、私はなんでもいいよ。晴間くんと一緒にいられるなら」

「それは俺もだよ。改めてこれからよろしくな、雨宮さん」

「こちらこそよろしくね、晴間くん」

お付き合いを始めたなら、手を繋ぐとか、抱き締めるとか、ほらアレ……キ、キスとかしてもいいのか？

一瞬そんな欲望が頭をよぎるものの、照れて縮こまる雨宮さんが可愛過ぎて、今はもう隣にいるだけで俺は満たされてしまった。

ヘタレって脳内で喚いているのは、ココロさんか雲雀かな……。

案外、一番サラッと罵って来るのは雷架かもしれない。

「あ、晴間くん見て！　空が……」

「おっ」

雨宮さんが上空を指差すので、俺も傘を避けて仰ぐ。

いつの間にか雲は遠ざかり、雨は上がって青空が覗いていた。さっき小降りになっていたから、雨が止む気配はあったもんな。

雨宮さんの前髪を彩る雫形のピンが、細い陽射しを受けてキラリと光る。

「晴れたね！」

そう言って笑う雨宮さんは、本日付けで俺のカノジョこと恋人になってくれたわけだが、変わらずやっぱり世界一で可愛かった。

§

後日。

朝から清々しく晴れた月曜日。

この度、俺と雨宮さんの『お付き合い』がめでたく始まったわけだが、互いに恋愛初心者で若葉マークの俺たちが、急に恋人らしいことなど出来るはずもない。

そもそも、恋人らしいことってなんだ？

雨宮さんを『雫』とか『ハニー』とか呼ぶところからとか……想像しただけで、俺にはハードルが高かった。ハニーはない。恥ずかし過ぎる。

雨宮さんには、ちょっと『光輝くん』って呼ばれてみたい気はするけどな！

前にも一度、名前呼びに関してはうだうだしたこともあったが……ほら、もうあの頃と違って友達から進んだわけだし。

いつかな、いつか！

とにもかくにも、お付き合いは俺たちのペースで！ということで、普通にいつもと変わらぬ学校生活を送った。

御影には、雨宮さんと付き合い始めたことを報告しておこうかと思ったけど……一晩経っても赤裸々な告白大会の余韻が抜けておらず、なんか照れ臭くてだな。

こちらも追々、また報告していけばいいかなと。

雨宮さんもまだ家族に言えてないみたいだし。今から双子の弄りや零くんの怨念が怖いところである。

そんなわけで、むしろ俺たちより大きな変化があったのは……。


「今さらだけどさ、本当によかったのか？　雲雀」

「なにがですか」

いつもと変わらぬ学校生活……などと言いながらも、どこか雲の上を歩いているような浮ついた気分で、気付けば迎えていた放課後。

雲雀の方から声を掛けてくれて、俺と雨宮さんは『Candy in the Candy・PINK!』の店舗を訪れていた。

いよいよオープンを三日後に控えているわけだが、コンテストの宣伝効果が大いにあって、すでに問い合わせが絶えないらしい。

そんな忙しい中、『ある目的』のためにメロリン店長のご厚意に甘えてお邪魔したわけだが……。

現在、俺と雲雀がいるのはスタッフルーム。

オフホワイトの壁に囲まれた簡素な空間で、プラスチックのテーブルを制服姿でパイプ椅子に座りながら囲んでいる。

店内はファンシーかつ夢カワでも、バックヤードなどこんなものだ。

……ちなみに、雨宮さんは『お着替え中』である。

初めてこの店舗を訪れた雨宮さんは「こ、このお店は妖精の国なのかな……？」と圧倒されていて、反応が大変可愛かったことをここに記します。

「なにって……ほら、あれだよ。ラストステージでの顔出しのこと」

テーブルを挟んで正面に座る雲雀に自分で話題を振りながらも、俺はちょっと気まずくなる。

デリケートな話題だろう、これは。

だけど雲雀はあっさり「別に」と返す。

「思い切ったおかげで準グランプリを頂きましたし。仮面がない方が表情も見えて、評価対象も増えたのでしょう」

　ズズッと、ハート柄のラブリーなグラスに入ったメロンクリームソーダを、雲雀は優雅に啜る。

　溶けかけのバニラアイスはてんこ盛りで、赤く熟れたサクランボも抜かりなく添えられている。

　これはメロリン店長が雲雀の準グランプリ祝いに、ケーキの代わりに手ずから用意してくれた特別なメロンクリームソーダらしい。

「顔を晒したから受賞したってわけではないだろうけどな」

「それは言葉の綾です。当然、私の実力ですよ」

「……言うようになったな、お前」

　まるで俺のような発言じゃないか。

　コンテストの最終結果に、雲雀は満足しているようだ。

　雲雀からの結果速報は、俺と雨宮さんが噴水前で甘酸っぱいやり取りをしている最中に、俺のスマホに届いていた。

　遅れて確認して、雨宮さんと手を取り合って喜んだものだ。これは譬えではなく本当に手を取り合ったので、お互い我に返って赤くなったけど……。

　とにかくここまで、雲雀は頑張ったと思う。

家族との対決も含めてな。

「母にも一応、認められましたしね。先輩にはまだ言っていませんでしたっけ？　私がステージに立つ姿を見て、なんだか昔を思い出したようですよ」

「そうなのか……」

雲雀の母も、かつては『可愛い』に夢を見た人間だった。

もともと少女趣味で、幼い雲雀はプリンセス好きだったそうだが、嬉々として娘と一緒に楽しんでいた時期もあったのだという。

それが職場での地位向上や、加齢と共に『辞めるべき趣味』になっていってしまったようだ。

それを娘にも強制していた、と……。

「母も私と同じで素直ではありませんから。ハッキリ認めるようなことは口にしませんでしたが……ロリィタ服は引き続き、着られるようですし。ここでのバイトも続けられるなら万々歳です」

ひょいっと、雲雀はサクランボを摘み上げながら「予想外に仲間も出来ましたしね」と呟く。

俺の危惧した通り、雲雀のラストステージの様子は、配信を通して学校の一部でも話題になっていた。hikari のせいで視聴者数も増えたしな。

校内四大美少女のひとり、猛毒の暗雲姫の意外過ぎる一面だ。

そりゃ話題にもなる。

反応は概ね好意的……どころか熱狂的で、「姫の新しい姿に親近感を覚えた！」「雲雀さんも私たちと同じ女の子なんだなあって」「すごく可愛かったよね！」などなど。男女問わず人気が上がり、僅か一日で新たなファン倶楽部(クラブ)も発足した。

『ロリィタ雲雀ちゃん支援委員会』は初日から会員多数である。

また学校にも隠れロリィタちゃんたちが何人かいたようで、おずおずと雲雀に話しかけて来たそうだ。

「あの……雲雀さんって、なにロリが好き？　今度合わせとかどうかな？」

「コンテスト、見ていたけど素敵でした」

「今度ロリィタの会合でアフタヌーンティーに行くんだけど、雲雀さんも一緒によかったら、その……」

……もちろん、合わせにもアフタヌーンティーにも参加するという雲雀は、思いがけず世界が広がったことを喜んでいる。

結果オーライってやつだな。

ついでに雷架も配信を見たそうで、「あのヒバリンにビビビッー！と来たから、今度一枚撮らせてよ！」とカメラマン魂を燃やしていた。

「まさに一件落着、だな」

「結局、hikariには負けましたけどね。なんですか、飛び入りのゲスト枠なのに満場一致のグランプリって」

「それは俺にも不可抗力だ」

睨んで来る雲雀に、俺は苦笑を禁じ得ない。

hikariのロリィタがあまりに爪痕を残し過ぎたせいで、視聴者からは「なんでhikariに投票出来ないの!?」という苦情が殺到。審査員間でも協議が行われ、異例だがゲストの俺に賞が贈られることが決まってしまった。

後から聞いた時は「はいっ!?」と、さすがの俺も驚いたぜ。本人、受賞の場にすらいなかったのにな。

しかし参加者も含め、どこからも文句は出ず……。

まさかのナンバーワンロリィタガールの座はこの俺、hikariになったわけである。

「雨宮さんが出場していたら、俺も負けていた可能性はあるがな……」

「惚気ウザいです」

「こ、これって惚気なのか!?」

カノジョになってしまったら、もはや惚気とカウントされるのだろうか。雲雀はツンッとそっぽを向いている。

バーンと、そこでスタッフルームの扉が勢いよく開いた。

「お待たせ！　アマミンちゃんのお着替えが終わったわよ！」

現れたのはメロリン店長で、いつの間に雨宮さんを『アマミン』呼びになったのか。センスがどこぞの雷架と同じだ。

店長のくるくるの縦ロールは本日も絶好調で、苺の妖精ファッションの時のように、フルーツ柄×フリルのロリィタ服に身を包んでいる。

今回のテーマは洋梨らしい。

そんな店長は、ひと目でわかるほど興奮していた。

「まったく、私は最近の高校生が恐ろしいわ。ヒバちゃんに光輝くん、さらにはこんなロリィタ界を震撼させる逸材が眠っていたなんて……さあ、おいでおいで！」

メロリン店長に促されて、俺と雲雀は店内のフィッティングルームへと向かう。

ここに来た目的は、ずばり雨宮さんにロリィタを着てもらうためだ。

前々から雲雀との交流で関心を高めていた雨宮さんに、是非その世界を体感してもらおうと雲雀が持ちかけた。メロリン店長も快くウェルカムの姿勢を示したため、店の服を試着してもらうことになったのだ。

俺は期待に胸を高鳴らせながら、フィッティングルームの真ピンクなカーテンの傍まで来る。

「行くわよ？　アマミンちゃん……イッツ・ショータイム！」

シャッ、と。

メロリン店長が奇術師のような大仰な動きで、カーテンを思い切り引いた。

――そこにいた変身後の雨宮さんに、俺は呼吸を忘れる。

シックな黒が美しい、着丈が長めのワンピース。ベースはクラロリ……つまりはクラシカルなロリィタ。

袖をふんわり膨らませた半袖のパフスリーブからは、華奢な腕が伸びている。ちょこんと胸元にあしらわれた黒のリボンも可愛らしい。

なにより雨宮さんに似合うのは、優雅なレース使いの白いエプロンだ。

雨宮さんはエプロンの申し子である。

家庭的なものも似合うが、こちらも似合う。

そして、頭にはホワイトブリム……フリル付きのカチューシャを着用。このホワイトブリムは、主にメイドさんがつけるものである。

そう、メイドさん。

雨宮さんはメイド風ロリィタファッションに着替えていたのだ！

「か、か、か、かわ……かわい……っ」

地球が割れるほどの破壊力に、壊れたラジオ状態になる俺。

咄嗟に手で口元を覆ってしまった。

なんたる力……これが萌えか。

もちろん雨宮さんは前から可愛いけれど、自分がお付き合いしている相手なのだと改めて実感すると、また百倍可愛く見える。

プロデュースした店長と雲雀は、ひと仕事を終えた職人顔で頷き合っている。

「アマミンちゃんみたいな清楚な子には、絶対にクラシカルロリィタよねぇ！　正統派のメイド風もマッチング率百パーセントだって確信があったわ！」

「わかります。スカート丈も短すぎず、膝下より長い今くらいがベストかと」

「さすがヒバちゃん、見識が深いわ！　ホワイトブリムは必需品よね」

「なくてはお話になりませんね」

「メイド服……いいわよね」

「ロマンがあると言わざるを得ないでしょう」

ガチ勢ふたりのガチなトークも右から左。

雨宮さんしか俺の意識の中におらず、穴が空くほど彼女を見つめる。網膜に焼き付けなくては。

「あ、あの、晴間くん……えっと」

おずおずと、ずっと黙っていた雨宮さんが、頬を淡く色付かせて首を傾ける。

「この格好をしたら晴間くんが喜んでくれるって、店長さんと雲雀さんが勧めてくれて、あの……」

「ダメよ、アマミンちゃん！　あの台詞を言わないと！」

「あうっ！」

必死に言葉を紡ぐ雨宮さんに、店長が檄を飛ばす。

雨宮さんは「ほ、本当に言わないといけませんか……っ？」とちょっぴり涙目だったが、やがて体を縮こまらせながらも、意を決したように俺を見つめ返して来た。

そして……。

「メ、メイドな私も可愛い……かな？　御主人、さま」

俺は「ふぐうっ」と胸を押さえてその場で蹲った。

あざと過ぎる攻撃だ。

店長がイイ顔でグーサインを作り、雲雀がやれやれと肩を竦めている。

「だ、大丈夫っ!?　晴間くん……！」

白いエプロンを翻して、雨宮さんが俺に駆け寄る。

虫の息の俺が辛うじて「か、可愛いよ……」と言えば、雨宮さんは花が咲いたように破顔した。

やっぱり俺のカノジョ(雨宮さん)は、世界で一番可愛い。

あとがき

二度目まして、作者の編乃肌と申します。

皆様のおかげで二巻が出ましたこと、心よりお礼申し上げます！

一巻にも書いたのですが、本作は『第１回ネット小説大賞』にて、まさかの期間中受賞を頂けた作品でした。

つまり原作がＷＥＢ上にもあるわけですが、今回は文量にして八割ほど書き下ろしです。あちらで読んでくださっていた方にも、個人的にはかなりバージョンアップして楽しんでもらえる内容になったのではないかと思います！

書籍では初登場の新キャラ・雲雀はいかがでしたでしょうか……？　雷架とはまた違ったアプローチで、光輝たちに絡んでもらいました。

フリルにリボンなロリィタがたくさん出る巻にもなったわけですが、こちらも書籍版に伴い一から勉強し直しました。光輝も作中で言っておりますが、本当に奥深い世界で調べるのも楽しかったです。

ようやく世界で一番目と二番目に可愛いふたりもお付き合いを始め、今後も可愛さ大爆発で初々しい様子をお届け出来たら幸いです。また応援してあげてください！

ここで、改めてお礼も。一巻に引き続きイラストをご担当くださった桑島黎音先生、表紙やカラーはもちろん、どれも破壊力抜群の挿絵で、今回もずっと心臓を押さえていました。雲雀が理想通り過ぎました！

実はコミカライズも連載中な本作ですが、ご担当頂いているtokiwa.先生にも有りっ丈の愛をお伝えしたく……！　コミカライズでしか見られないキャラたち、本当に可愛いのでおススメです！

そして編集の方には感謝と謝罪を……今回死ぬほどご迷惑をおかけした記憶しかなく、ＰＣの前で土下座しています。見捨てず素敵な本にしてくださり、また菓子折り持って行かせてください……。

最後に、二巻もお読みくださった皆様、本当にありがとうございました！

またお会い出来ますように。

編乃肌

hikariの衣装で
雨宮さんを大変身——!!
メイクの匠
ココロさん(?歳)
それなら私にも手伝わせてよ!
フンス
ドドン
びく
なに〜?もしかしてそっちの子を変身させる感じ?
BEFORE
AFTER
コミカライズ版
世界で一番『可愛い』雨宮さん、二番目は俺。
君は俺より可愛い
つまり世界で一番可愛い
晴間くん…
は…
『可愛い』が溢れる
青春ラブコメ『あま俺』は
コミックライド
Comic Ride
で
好評連載中!
漫画/tokiwa.
原作/編乃肌
キャラクター原案/桑島黎音

ファンレター、作品のご感想をお待ちしています!

【宛先】
〒104-0041
東京都中央区新富1-3-7　ヨドコウビル
株式会社マイクロマガジン社
GCN文庫編集部

編乃肌先生 係
桑島黎音先生 係

【アンケートのお願い】

右の二次元バーコードまたは
URL (https://micromagazine.co.jp/me/) を
ご利用の上、本書に関するアンケートにご協力ください。

■スマートフォンにも対応しています(一部対応していない機種もあります)。
■サイトへのアクセス、登録・メール送信の際の通信費はご負担ください。

GCN文庫

世界で一番『可愛い』雨宮さん、二番目は俺。②

2023年10月27日　初版発行

著者　編乃肌
イラスト　桑島黎音
発行人　子安喜美子
装丁　横尾清隆
DTP／校閲　株式会社鷗来堂
印刷所　株式会社エデュプレス
発行　株式会社マイクロマガジン社

〒104-0041　東京都中央区新富1-3-7　ヨドコウビル
[販売部] TEL 03-3206-1641／FAX 03-3551-1208
[編集部] TEL 03-3551-9563／FAX 03-3551-9565
https://micromagazine.co.jp/

ISBN978-4-86716-482-2 C0193